LA

FEMME DE FEU

Les côtes de Bretagne, jalouses sans doute des côtes de Normandie, se parent depuis quelques années de bains de mer nouveaux. Il ne leur suffit plus d'opposer Pornic, Saint-Malo, le Croisic, à Trouville, à Dieppe et à Boulogne, elles veulent aussi des plages de second ordre et elles ont créé Pornichet, Piriac et le Pouliguen. Ces jolies résidences bretonnes mériteraient sans contredit de partager la vogue de leurs rivales normandes, mais le Parisien les trouvant trop éloignées de lui et leur refusant sa consécration, elles restent la propriété presque exclusive des habitants d'Angers, de Tours et surtout de Nantes. Cette dernière ville est plus qu'un chef-lieu de département, c'est la capitale du nord-ouest de la France et elle a toutes les élégances des capitales. Les hommes, après y avoir fait une large part à leurs affaires, sacrifient à leurs plaisirs ; ils ont des cercles, des théâtres, des courses de chevaux et des maîtresses. Les femmes y sont en général jolies, un peu coquettes, suffisamment légères, sans l'être trop. Elles ne restent pas enfermées chez elles comme dans la plupart des autres villes de province; il leur arrive de se montrer, de trois à cinq heures, dans les rues Crébillon et du Calvaire, sur la place Graslin, sur le Cours et le quai de la Fosse. Leur démarche est gracieuse, leur toilette de bon goût; c'est l'élégance parisienne revue et corrigée par l'austérité provinciale. Elles sont médisantes comme à Paris, beaucoup plus qu'à Paris, car elles se connaissent davantage, elles vivent dans le même cercle et leurs sujets de conversation sont plus restreints. En résumé, bonnes personnes, l'esprit peu cultivé, indolentes et légèrement sensuelles, charitables, très charitables, elles l'ont prouvé pendant la dernière guerre, dévotes sans véritable religion, remplies de défauts et d'excellentes qualités. elles tiennent à la fois de la Parisienne, de la Créole, de la Provinciale, et de ce mélange est né un type à part, qui a son cachet et son originalité, et qu'on peut désigner sous ce titre : la Nantaise. Vienne le mois de juin, cette aimable population féminine, trop resserrée dans ses rues étroites, songe à émigrer. Elle se transporte sur les bords de l'Erdre ou de la Sèvre, vers Clisson ou le lac de Grandlieu, ou bien, fidèle à la Loire, elle suit son cours et va se fixer à Chantenay, à Couëron et à Savenay. D'autres, plus intrépides et que la mer attire, descendent jusqu'à Saint-Nazaire et choisissent, pour y passer quelques semaines, une des plages précédemment nommées. Le Croisic avait autrefois la vogue ; il semble l'avoir perdue. On lui préfère le Pouliguen, où la mer est moins dure et qui possède un bois de sapins, vraiment précieux dans ce pays pittoresque au possible, mais peu ombragé.

Rien n'est charmant comme cette petite ville qui a tiré son nom de la baie au fond de laquelle on la voit s'élever (Pouliguen ou Poull-guen, Baie blanche). Ses maisons bien alignées, à un ou deux étages, quelques-unes entourées de jardins, s'étendent le long d'un port toujours rempli, en été, de barques de pêcheurs ou de bateaux de plaisance. Si l'on suit les quais, on arrive bientôt à la plage et on jouit d'un coup d'œil féerique. A droite, le long de la baie, le petit village de

Painchâteau, avec ses maisons et ses jardins que la vague vient baigner ; plus loin et dans la même direction, une ligne de rochers au-dessus desquels on aperçoit une verdoyante campagne. A gauche, sur une largeur de cinq à six kilomètres, les dunes d'Escoublac qui se déroulent en demi-cercle et Pornichet entouré de sapins. En face, construite sur les roches des Impàirs, la Tour-Rouge chargée d'indiquer l'entrée du chenal et les îles des Even, redoutables écueils que tous les grands navires arrivant d'Amérique viennent reconnaître avant de mettre le cap sur Saint-Nazaire ; à l'horizon, par un temps clair, Pornic, Saint-Michel et Saint-Gildas, limite extrême de la rive gauche de la Loire.

Dans les premiers jours d'août 186., deux personnes descendues, depuis un instant, de voiture, devant le chalet d'Esgrigny, semblaient admirer pour la première fois ce magnifique paysage. L'une d'elles, une femme de cinquante-cinq à cinquante-six ans, mise d'une façon très simple, grande avec un peu d'embonpoint, encore blonde malgré son âge, à l'œil vif, au sourire fin, au nez correct, rappelait à s'y méprendre par son grand air, ses manières distinguées, son aspect sévère, certaines femmes de la cour de Louis XIV. L'autre était un jeune homme de vingt-cinq ans, son fils, sans aucun doute, grand, distingué, froid comme elle, blond, avec des favoris à l'anglaise très soyeux et très longs, un peu pâle, mais d'une de ces pâleurs accidentelles que produit parfois l'étude et sous lesquelles on sent la vie circuler. Il tenait de l'officier de marine, du gentilhomme anglais et du magistrat, sans qu'on pût au juste le classer. Ses yeux de myope, ornés d'un pince-nez, étaient fort beaux, ses dents jolies, sa main parfaitement gantée, petite et effilée, son pied en rapport avec sa main. Si l'on était tenté de le trouver trop bien mis pour un voyageur, on ne songeait pas à l'accuser d'un manque de goût et de savoir-vivre ; on devinait que par système il devait s'être imposé ce nœud de cravate, ce col droit, cette redingote un peu classique et toute cette sévérité de tenue.

Le spectacle qu'il contemplait, admirable à toutes les heures de la journée et par tous les temps, se surpassait pour ainsi dire en ce moment. La mer, qui montait insensiblement depuis deux heures, venait, tout à coup, de faire irruption dans la baie et envahissait bruyamment les bancs de sable et les rochers que la marée basse laisse à découvert. Les jeunes filles en promenade dans les roches de Painchâteau, couraient vers la plage et poussaient des petits cris de terreur toutes les fois que la vague leur effleurait les pieds. A la hauteur de Pornichet, plusieurs bateaux de plaisance, reconnaissables à leur coque élégante et à leurs voiles blanches, s'avançaient lentement avec la marée montante, et, vers les Even, une flottille de pêcheurs de sardines, renonçant à regagner le Croisic, Piriac ou la Turbale, leurs ports habituels, se dirigeaient vers le Pouliguen toutes voiles déployées. Un magnifique soleil éclairait ce paysage, argentait le flot et faisait étinceler sur la plage son sable fin, constellé de petites écailles nacrées et de coquillages de toutes nuances.

— Eh bien ! Lucien, que penses-tu de ce pays ? demanda tout à coup à son compagnon la dame âgée dont nous avons esquissé le portrait.

— Je pense qu'il est très beau.

— Tu ne trouves pas d'autre expression pour peindre ton admiration ?

— Qu'importe l'expression, ma mère ? Pourquoi dépenser mon enthousiasme en paroles ? J'admire intérieurement, et j'admire beaucoup, je vous assure.

— Alors, tu passerais volontiers ici ton mois de vacances ?

— Comment, ici ? Nous n'allons donc pas au Croisic ?

— Rien ne nous y oblige, si le Pouliguen nous plaît. Notre voiture déposera nos bagages dans une de ces maisons, et se dispensera volontiers de faire les deux lieues qui nous séparent encore du Croisic.

— Sans doute. Mais trouverons-nous à nous loger dans ce village ?

— Veux-tu que je cherche ?

— Faites ce que vous voudrez, ma mère.

— Mon idée ne paraît pas te séduire ?

— Je crains que vous ne manquiez ici de distractions.

— Je n'en cherche jamais, tu le sais bien. Depuis la mort de ton père, je vis pour toi et tes plaisirs sont les miens.

— Je le reconnais, ma bonne mère. Mais vous courez le risque de vivre au Pouliguen dans une solitude absolue.

— Tu te trompes. J'y rencontrerai de très aimables personnes.

— Ah ! qui donc ?

— M. de Rioux, par exemple.

— L'ancien premier président ?

— Oui, l'ami de ton père.

— Il est seul ?

— Non, sa nièce doit l'avoir accompagné.

— Ah ! mademoiselle Marie est ici !

— Comme tu dis cela ! Tu es contrarié ?

— Nullement, ma mère. Seulement...

— Explique-toi.

— Eh bien ! puisque vous l'exigez, je commence à comprendre...

— Quoi ?

— Que vous désiriez rester au Pouliguen.

Elle le regarda et lui dit :

— Tu me crois une arrière-pensée, n'est-ce pas?

— Je crois, ma mère, ce que vous m'avez permis de croire. Vous trouvez que je suis en âge de me marier; mademoiselle Marie de Rioux vous paraît me convenir comme femme, et...

— Et?

— Vous seriez heureuse de me voir passer mon mois de vacances ici, avec elle.

— C'est vrai. Quelles objections peux-tu faire à mon désir?

— Me permettez-vous de parler franchement?

— Je t'en prie!

— Je voudrais ne pas me marier maintenant.

— Tu as tort. Dans ta carrière, le mariage est nécessaire, indispensable même. Il donne du poids, de la gravité. Tu es un peu jeune pour la position que tu occupes et que tu dois surtout aux souvenirs laissés dans la magistrature par notre famille. Un d'Aubier ne pouvait rester longtemps substitut dans une petite ville ; on l'a compris et on t'a envoyé à Nantes. Ah! je sais que, de ton côté, tu as vaillamment gagné ton grade. Tu as travaillé au point d'être obligé aujourd'hui, par ordonnance de médecin, de prendre un mois de repos. Mais tu n'en as pas moins vingt-cinq ans et tu ne parais pas en avoir davantage, malgré tous tes efforts pour te vieillir. Marie-toi; tu n'auras plus de préoccupations à cet égard.

— Alors, dit en riant Lucien, vous voulez que mademoiselle de Rioux me tienne lieu de col droit et de cravate blanche?

— Je veux ton bonheur, mon fils ; je suis persuadée que tu le trouveras dans ce mariage, et j'essaye par tous les moyens possibles de t'y décider.

— Eh bien! j'aperçois là-bas M. de Rioux et sa nièce. Rejoignez-les et cherchez avec eux le logement qui pourrait vous convenir. Moi, je me sauve, si vous y consentez ; je suis venu aux bains de mer pour me distraire, et vos idées de mariage me rembrunissent un peu.

Il prit en cachette la main de sa mère, lui baisa respectueusement le bout des doigts et s'éloigna dans la direction de la plage.

Il devait avoir contre le mariage de bien sérieuses préventions pour fuir la personne qu'il venait de désigner et vers laquelle madame d'Aubier s'empressa de se diriger, lorsqu'elle fut seule.

Ni grande ni petite, avec une taille élégante, des épaules arrondies et parfaitement modelées, un pied d'enfant, des cheveux très noirs, de grands yeux fendus en amande, bordés de longs cils, un nez fin à narines bien placées, des lèvres rouges, de fraîches couleurs, mademoiselle Marie de Rioux, âgée de dix-huit ans à peine, était une charmante jeune fille. Elle venait à son tour d'apercevoir la mère de Lucien, et, quittant son oncle qui n'aurait pu marcher assez vite, elle courait vive et légère au-devant de madame d'Aubier.

— Vous ici, madame, par quel hasard? Quelle bonne fortune pour nous! s'écriait-elle en la rejoignant et lui tendant son front à baiser. Viendriez-vous habiter le Pouliguen?

— Je le voudrais, ma chère enfant, mais j'hésite.

— Ah! vraiment! Pourquoi donc cela? C'est si joli ici.

Et se tournant vers un vieillard de haute taille qui les avait rejointes :

— Mon cher oncle, lui dit-elle, aidez-moi, je vous prie, à décider madame d'Aubier à rester parmi nous.

— Je ne demande pas mieux, fit l'ancien magistrat. Est-ce que ce pays ne vous plaît pas, madame?

— Beaucoup, au contraire; mais mon fils préfère le Croisic.

— Oh! il a bien tort! s'écria vivement mademoiselle Marie, et elle ajouta sans réflexion, avec cette pétulance qui lui semblait habituelle : M. d'Aubier nous sait-il ici?

La question était embarrassante : madame d'Aubier, comme si elle ne l'avait pas entendue, s'empressa de demander si, dans le cas où elle se fixerait au Pouliguen, elle trouverait facilement à se loger.

— Facilement n'est pas le mot, dit M. de Rioux, mais en cherchant avec nous qui connaissons le pays...

— Oh! nous trouverons! s'écria vivement mademoiselle Marie.

Elle rougit encore ; elle venait sans doute de se dire qu'elle montrait trop d'empressement à vouloir retenir auprès d'elle les nouveaux arrivés. Peut-être craignait-elle aussi d'avoir trahi, dans sa vivacité, quelque secrète pensée, quelque espoir inavoué.

— Alors, cherchons, si vous le voulez bien, reprit madame d'Aubier ; et, comme le premier président s'apprêtait à lui offrir son bras : Non pas, lui dit-elle, je marcherai seule, je ne veux pas vous priver de votre cher soutien.

— Mon bâton de vieillesse, fit le vieillard en souriant à sa nièce. Ah! je reconnais qu'il m'est précieux, et je vous remercie, madame, de me le laisser.

Ils quittèrent tous les trois le quai et s'avancèrent dans l'intérieur du pays, s'arrêtant à chaque pas pour lire les écriteaux des maisons à louer et se consulter.

Pendant ce temps, Lucien se promenait sur la plage, regardant de tous ses yeux et admirant de toute son âme. A le voir ainsi uniquement préoccupé du spectacle qui se déroulait devant lui, on pouvait facilement en conclure que les observations de sa mère n'avaient pas fait sur son esprit une bien vive impression.

En effet, l'espèce d'invitation que madame d'Aubier lui avait adressée était seulement inopportune : en principe, il ne repoussait pas le mariage, et l'idée d'épouser mademoiselle Marie de Rioux, dont il appréciait la beauté et la grâce, lui avait plus d'une fois souri. Mais ce n'était pas pour se marier que Lucien se trouvait aux bains de mer. Il y était venu chercher un peu de repos, de recueillement, de liberté d'esprit, et aussi quelque amusement. Le mariage pouvait lui offrir des garanties de bonheur, mais, en ce moment, à son insu peut-être, il n'aspirait qu'au plaisir.

Cet homme de vingt-cinq ans, vieilli avant l'âge par un travail constant de plusieurs années, des fonctions difficiles et pénibles, une position en évidence, avait tout à coup senti l'impérieux besoin de redevenir jeune, de s'épanouir en pleine liberté, de jouir un instant de la vie.

Au collège, on l'avait condamné à être fort en grec, en latin, en thème et en version, à obtenir tous les prix au concours général ; on avait surmené sa jeune intelligence et on l'avait élevé au rang d'élève-prodige. Du collège et sans transition, il était entré chez un avoué et quatre années lui avaient suffi pour être reçu docteur en droit. Alors, grâce à l'influence de son père, procureur général à Paris, et qui mourut l'année suivante, dans l'exercice de ces hautes fonctions, il fut nommé substitut en province. Depuis sa première année de collège, il n'avait jamais eu le temps de s'arrêter dans sa course, de respirer, de vivre. Il criait : J'ai soif de repos, on lui répondait : Voici des prix, des couronnes, des diplômes, de l'avancement, des honneurs. Il se disait : « J'ai un cœur comme les autres hommes, pourquoi ne fonctionne-t-il pas ? pourquoi ne bat-il pas ? pourquoi n'aime-t-il pas ? » — Aimer ; cela prend trop de temps. Aimer ! tu n'en as pas le droit ; tes occupations, tes travaux s'y opposent. Laisse ton cœur de côté, c'est ta tête qui doit fonctionner ; tes autres organes sont inutiles dans ta carrière, ils sont même nuisibles. » En effet, la tête avait fini par dominer le cœur ; il ne battait plus qu'à temps égaux, sans que Lucien le sentît battre. Ce n'était plus chez lui l'organe de la sensibilité morale, le siège des passions, c'était un simple viscère situé dans la poitrine.

Mais avant d'être vaincu, brisé, annihilé, l'organe dont nous parlons avait-il lutté, résisté, s'était-il révolté contre ses oppresseurs ? Non. Son propriétaire ne lui en avait pas laissé le temps ; à peine lui avait-il permis, à de rares intervalles, dans de cours moments de loisir, de vagues aspirations vers un autre état. Et cependant il existait encore chez cet opprimé et ce vaincu tant de jeunesse inconsciente, de vigueur et de forces latentes, qu'il suffisait peut-être d'un accident, d'une étincelle, d'un rayon de soleil ou d'un rayon d'amour, comme dit le poëte, pour qu'il rompît ses entraves, brisât les glaces polaires qui l'entouraient et prît son vol vers des régions plus chaudes.

Autour de Lucien, tout semblait, en ce moment, vouloir concourir à cette transformation et à cette éclosion. La nature s'était mise elle-même en frais pour le recevoir au Pouliguen : le temps, un peu froid depuis le commencement de l'été, avait brusquement changé la nuit précédente, sous l'influence de la nouvelle lune, et jamais le ciel n'avait été plus beau, le soleil plus éclatant, jamais ce joli coin de la Bretagne, chanté par Balzac dans *Béatrix*, ne s'était présenté sous un aspect plus séduisant.

La mer, depuis une heure, battait son plein, et la baie, découverte en partie à marée basse, était entièrement inondée. De grandes lames formées au large et obéissant plutôt à la force de la marée qu'à la violence du vent, s'avançaient lentement dans la baie ; après s'être brisées sur les premiers rochers, s'être reposées ensuite sur les bancs de sable, elles reprenaient leur élan et venaient à grand bruit envahir la plage et la couvrir de leur écume blanchâtre. En se retirant, elles laissaient derrière elles toute une traînée de varech et d'herbes marines qui remplissaient l'air d'âcres senteurs.

Des centaines d'oiseaux aquatiques, jusqu'alors retenus par le froid dans le Midi, faisaient sur la côte de Bretagne leur première apparition et saluaient de leurs cris cette terre aimée ; la flottille signalée au large, une heure auparavant, rentrait dans le port, et les pêcheurs qui la montaient, après avoir cargué leurs voiles, ramaient en chantant une vieille et pittoresque chanson bretonne. Ces chants, ces cris, ces parfums, ce spectacle, cette grande voix qui s'élève de la mer, plaintive par instants, sonore et éclatante l'instant d'après, ce soleil, cette chaleur, cet air vivifiant et pur épanouissaient en quelque sorte Lucien, réchauffaient son sang et lui donnaient des ardeurs inconnues.

Déjà il semblait oublier sa réserve habituelle : on remarquait dans ses manières plus de bonhomie et de laisser-aller. Il allait, venait sur la plage, humant l'air, ramassant des coquillages, descendant sur le sable humide lorsque le flot en se retirant le laissait à découvert, et fuyant à belles jambes devant la vague qui revenait l'instant d'après. Enfin, un peu fatigué par cet exercice gymnastique, par son voyage et par le grand air auquel il n'était pas habitué, il avait osé profiter d'un trou que des enfants avaient fait sur la plage, et s'asseoir, le haut du corps sur le sable, les jambes pendantes dans le trou.

Il était depuis un quart d'heure dans cette position fantaisiste, lorsqu'il fut rejoint, pour ne pas dire surpris, par un homme de quarante ans environ, de coutil blanc habillé, ayant sur la tête un magnifique panama et tenant à la main une de ces ombrelles dont le manche est en bambou et la doublure en soie verte.

— Je ne me trompe pas, s'écria le nouveau venu, en se plaçant en face de Lucien, de l'autre côté du trou, c'est notre cher substitut qui se trouve dans les eaux du Pouliguen.

— En effet, dit Lucien, un peu confus et essayant de se lever.

— Restez donc ; vous êtes très bien là-dedans. Tenez, je m'assieds en face de vous. Ce sont mes enfants qui ont fait ce trou, il nous est permis d'en profiter.

— Madame Desvignes se porte bien ? demanda Lucien.

— Parfaitement. Elle est en promenade au bourg de Batz. Moi, je préfère ne pas me fatiguer. Aux bains de mer, je me borne à causer, à regarder, à respirer. Vous êtes au Pouliguen pour plusieurs jours ?

— Je n'en sais rien. Ma mère, je crois, cherche un logement ; le trouvera-t-elle ?

— J'en doute, nous avons beaucoup de monde cette année.

— Nous irons alors au Croisic.

— Je le regretterai ; vous auriez pu vous distraire ici. Restez avec nous.

— Si l'on ne peut pas se loger ?

— Ah ! voilà ! Mais en cherchant bien... Est-ce que vous vous baignez ?

— J'en ai eu presque envie tout à l'heure. Personne ne m'a donné l'exemple.

— Attendez. Avant une heure, vous verrez accourir sur la plage une foule de petites femmes charmantes, brunes ou blondes, grasses ou maigres, dans des costumes de toutes les couleurs. Les jours de grande marée, lorsque surtout la mer est encore agitée, au large, par toute une série de mauvais temps, on n'ose pas se baigner à marée pleine ; on attend que le flot en s'éloignant ait perdu sa force. Il n'y a qu'une personne au Pouliguen, capable de prendre son bain en ce moment.

— Qui donc ?

— Une femme, ou plutôt une jeune fille.

— Une Nantaise ?

— Non, une Parisienne ; elle habite Nantes avec son père, depuis quelques mois seulement ; je ne crois pas que vous la connaissiez.

— Comment l'appelez-vous ?

— Son petit nom est Diane. Son nom de famille Bérard, et son surnom...

— Elle a un surnom, une jeune fille !

— Ce n'est pas sa faute ; c'est moi qui le lui ai donné.

— Quel est-il ?

— La Femme de Feu !

— Ah ! bast ! Comment l'entendez-vous ?

— En très bonne part, croyez-le bien, monsieur le substitut. Malgré la réputation de semi-légèreté que m'ont faite MM. les Nantais, jaloux de me voir passer la moitié de mon temps à Paris et m'y amuser sans eux, je suis incapable de nuire à la réputation d'une jeune fille, un peu excentrique peut-être, mais parfaitement honnête.

— Enfin, ce surnom, que veut-il dire ?

— Avez-vous jamais entendu parler de la phosphorescence de la mer ?

— Certainement ; j'ai même lu, dans mes rares moments de loisir , quelques livres où il est question de cette bizarrerie de la nature : Quatrefages, par exemple, Becquerel, et Verne dans son roman *Vingt mille lieues sous les mers.*

— Diable ! Vous êtes plus avancé que moi. Je voulais vous éblouir, et c'est vous qui, avec votre science, me confondez ; on m'avait bien dit que vous étiez un homme d'étude, un savant. Moi, j'ai vu l'effet, j'ai admiré, mais je ne connais pas la cause ; si vous la connaissez, instruisez-moi.

— On a longtemps attribué cette phosphorescence à une sorte d'électricité lumineuse qui se dégagerait de l'Océan ; aujourd'hui la science lui donne une toute autre origine. D'après la nouvelle théorie, des myriades d'animalcules microscopiques , de petits infusoires pélagiens , espèce de globules phosphorescents, s'échappent du fond de la mer, sous l'influence de certaines conditions atmosphériques, remontent à sa surface et l'éclairent tout à coup de mille lueurs d'un effet magique. C'est surtout sous les tropiques qu'on est appelé à admirer ce magnifique spectacle.

— On en jouit aussi au Pouliguen, je vous en réponds.

— Ah! vraiment? La mer est phosphorescente ici?

— Très souvent, aux mois de juillet et d'août.

— A merveille! Je jouirai du spectacle! Mais nous nous sommes beaucoup éloignés, il me semble, de notre point de départ. Nous parlions, si je ne me trompe, du surnom donné à mademoiselle Diane Bérard.

— Nous sommes, au contraire, en plein dans le sujet, et je vais vous le prouver. Voulez-vous que nous circulions?

— Circulons, dit Lucien en se levant.

Ils se mirent à se promener sur la plage. En la compagnie de Desvignes, Lucien d'Aubier se sentait à son aise et se trouvait plus jeune. M. Desvignes n'était pour lui ni un supérieur ni un inférieur; c'était un homme de bonne compagnie, un égal. Sa grande position de fortune, son honorabilité commerciale bien connue sur la place de Nantes, sa paternité, faisaient oublier sa réputation de viveur. En ville, une trop grande intimité avec Desvignes aurait peut-être compromis Lucien ; à la mer, en congé, tout scrupule à ce sujet eût été vraiment exagéré. Le magistrat, vieux avant l'âge, pouvait se rajeunir, sans aucun danger, au contact de l'armateur toujours jeune, malgré ses quarante ans passés.

— Eh bien! le fameux surnom, est-ce que nous n'y revenons pas? demanda le premier Lucien.

— Dans un instant. Fumez-vous?

— Non..., je n'en ai pas l'habitude.

— Tenez, voici des cigarettes russes que j'ai rapportées de Paris. Elles sont très douces et elles ne vous feront aucun mal. Essayez.

— Soit! fit d'Aubier après un instant d'hésitation et comme s'il prenait un grand parti.

Tout en marchant, ils étaient arrivés à l'extrémité de la plage, du côté de Painchâteau.

— Est-ce que nous allons plus loin? demanda le jeune substitut; la mer, il me semble, nous empêchera de passer.

— Non... Glissez-vous le long de ce mur, et lorsque nous l'aurons franchi, nous nous trouverons sur une petite plage que la marée n'atteindra pas.

— Nous y voici.

— Vous vous demandez pourquoi je vous ai amené ici?

— Je l'avoue.

— C'est fort simple : j'ai une histoire à vous raconter; au lieu de vous peindre le lieu où elle s'est passée, je vous y conduis. De cette manière, vous ne pourrez pas vous plaindre de mes descriptions, et vous ne m'accuserez pas d'inexactitude. Avez-vous bien regardé autour de vous?

— Parfaitement.

— En face de nous la mer, à gauche le mur que nous venons de tourner; à droite, ces rochers qui s'avancent et ne nous permettent pas, pour le moment, d'aller plus loin, enfin, la petite plage de sept à huit mètres carrés sur laquelle nous nous trouvons.

— J'ai vu tout cela.

— Eh bien! j'étais à la même place, il y a quelques jours, à dix heures du soir, avec Closel. Connaissez-vous Closel?

— Ce jeune homme que notre nouveau préfet a ramené de Paris pour en faire son secrétaire. Oui, je l'ai rencontré dans des soirées officielles.

— Après nous être promenés sur la plage, nous étions, tout en causant, arrivés ici. La mer, dans son plein comme en ce moment, était, cette nuit-là, silencieuse et calme; pas un souffle d'air, aucune étoile à l'horizon, une obscurité complète; au-dessus de nos têtes, de gros nuages sombres, et devant nous une large nappe d'eau noirâtre, qui s'abaissait et s'élevait, à temps égaux, avec un clapotement monotone. Il faisait une chaleur étouffante et nous ne songions pas à nous coucher, tant nous redoutions cette nuit orageuse. Après avoir allumé un cigare, nous allions nous étendre là, sur le sable, dans cette anfractuosité du rocher et continuer à deviser de mille choses, lorsque Closel me dit tout à coup : Tiens! quelqu'un doit se baigner près d'ici! — A pareille heure? — Où donc? — Je ne vois pas, mais ces vêtements appartiennent évidemment à un baigneur. Et en même temps il me présentait différents effets que ses mains venaient de rencontrer au moment où il cherchait une place pour s'asseoir. — Ce sont des vêtements de femme, dis-je. Voici, à n'en pas douter, malgré l'obscurité, un jupon et une robe; ils ont eu l'honneur de couvrir quelque paysanne de Painchâteau qui prend son bain, avant de se mettre au lit. — Non pas, non pas, fit Closel, qui continuait à palper les vêtements; ce n'est pas une robe de paysanne cela; il est facile de s'en apercevoir au toucher, et ce capuchon doublé de soie, et cette chemise de fine batiste... Diable! diable! nous sommes indiscrets, plus qu'indiscrets, et je remets ces vêtements à leur place, d'autant plus qu'il s'en dégage un parfum qui monte au cerveau, par ce temps orageux... Mais je le connais ce parfum, je l'ai déjà remarqué, senti ; il appartient à..... Eh ! ma foi, oui, je ne me trompe pas... je parierais cent louis contre un que ces vêtements sont la propriété de mademoiselle

Diane Bérard. — Comment ! vous voulez !
— Je veux une chose toute simple. Elle
habite de ce côté ; c'est une originale, vous
la connaissez, elle s'est dit : « Il fait une
chaleur étouffante, pourquoi ne me bai-
gnerais-je pas ? je n'en dormirai que
mieux.» Elle est descendue ici, sans bruit;
le lieu est désert, jamais à pareille heure on
n'y met les pieds, c'est tout à fait par ex-
ception que nous nous y trouvons; elle s'est
déshabillée dans l'espèce de caveau formé
par cette roche, sans crainte d'être vue,
car nous ne nous voyons pas nous-mêmes,
et elle se baigne au large, en sa qualité de
grande nageuse. — S'il en est ainsi, dis-je
à Closel, il faut nous retirer; mademoiselle Diane Bérard ne serait pas très flat-
tée de nous trouver assis en compagnie de
ses vêtements, et notre présence dans
son cabinet de toilette peut la gêner
lorsqu'elle s'habillera. — C'est juste,
partons! Et cependant, ajouta-t-il avec
un soupir, il y aurait eu un certain
charme, un certain piquant à rester
ici. Dieu! que c'est gênant parfois d'ê-
tre bien élevés. De simples commis voyageurs se cacheraient là, dans ce repli de
terrain; mademoiselle Diane ne se doute-
rait pas de leur présence et n'aurait pas à
rougir. C'est qu'elle est très jolie, mademoiselle Bérard, continua-t-il en s'échauffant, très jolie, d'une beauté hors ligne
même, des cheveux superbes tirant sur le
roux, et faite... » — Je crus devoir modé-
rer son exaltation et adoucir ses regrets
en lui disant : « Je vous prie de remarquer, mon cher, qu'on n'y voit point
à deux pas, et que vous en seriez pour
vos frais de curiosité. — Allons donc !
fit-il, de plus en plus animé sans doute
par l'orage qui commençait à gronder au
loin, voir, c'est quelque chose, j'en conviens, mais comptez-vous pour rien le
plaisir de se sentir, par cette nuit, par ce
temps et dans la position où elle va se
trouver, à quelques pas d'une jeune et jolie femme? On ne la voit pas, soit, mais
on la devine, on la sent, on scrute tous
ses mouvements, et, l'imagination aidant,
cette obscurité même ajoute au charme de
la situation. Enfin, partons! nous avons
des principes: que voulez-vous ? »
Il se dirigea vivement de ce côté, et
j'allais le suivre, lorsque tout à coup je
m'arrêtai frappé d'admiration. Tandis que
nous causions penchés sur les vêtements
de la baigneuse nocturne, et tournés du
côté de la terre, la mer était devenue spon-
tanément phosphorescente. Une immense
nappe lumineuse s'étendait, se rétrécis-
sait et s'allongeait à temps égaux, sur
toute la surface de la baie ; des myriades
de corps incandescents, d'immenses mas-
ses métalliques, des coulées de plomb

fondu dans une fournaise ardente, des
milliers d'étincelles semblaient rouler autour de nous. C'était une illumination
magique, vigoureuse et mouvementée,
qu'on sentait vivre en quelque sorte. On
aurait dit que l'Océan essayait de rendre
au ciel les torrents de lumière qu'il en
avait reçus pendant le jour.
En même temps, le tonnerre grondait
au loin, les éclairs, devenus plus fréquents, illuminaient l'horizon, le vent s'é-
levait et les vagues, qui commençaient à
déferler sur les rochers, les entouraient
par instants d'une bordure lumineuse et
d'un cercle de feu.
Closel m'avait rejoint, et fascinés, émus
au delà de toute expression, debout, immobiles, nous serrant la main, nous admirions en silence cette fête qu'à l'impro-
viste nous donnait la nature.
— Si nous gravissions ce rocher, dis-je
au bout d'un instant à mon compagnon,
notre vue serait plus étendue et le spectacle encore plus beau ?
Closel approuva mon idée et bientôt
nous étions installés sur l'espèce de petite
plate-forme que vous apercevez là-haut.
De notre observatoire nous pûmes reconnaître que la phosphorescence de la mer
n'était pas limitée à la baie du Pouliguen;
elle s'étendait jusqu'à l'Océan : l'entrée de
la Loire semblait illuminée, et, dans la direction des Even, on voyait les flots s'é-
lever, rouler, bouillonner et s'embraser
au contact des moindres écueils.
Tout à coup, je fus arraché à mon admiration par la voix de Closel, qui s'é-
criait : « La voici! la voici ! — Qui? de-
mandai-je. — Elle, la baigneuse! » Et, en
même temps, il me désignait, à quelques
mètres de nous, un point qui faisait
ombre sur la nappe lumineuse. J'allais
parler, il m'arrêta. — « Silence , dit-il ,
maintenant nous ne pouvons plus fuir et
elle ne doit pas se douter de notre présence ici. Baissons-nous pour qu'elle ne
nous aperçoive pas, ou plutôt non, c'est
inutile; si elle est éclairée, nous ne le
sommes pas, et elle ne peut nous voir. »
C'était en effet mademoiselle Diane Bérard qui revenait du large et se dirigeait
vers la côte où elle avait laissé ses vêtements. Elle nageait doucement, sans se
presser, admirant comme nous le tableau
qui se déroulait devant elle et persuadée
qu'elle était seule à l'admirer. Au moment
où elle allait atteindre la plage, elle
éprouva, sans doute, un regret de quitter
cette mer splendide, de s'arracher à ce
bain merveilleux ; elle plongea tout à coup
et nous la vîmes reparaître au-dessous du
rocher sur lequel nous nous étions réfugiés. Ce rocher, vous pouvez en juger,

s'avance de quelques pieds dans la mer, et l'eau profonde qui l'entoure semble appeler les baigneurs. Mademoiselle Bérard, à qui tous les coins de la côte sont familiers, avait évidemment choisi ce lieu, pour s'y livrer plus agréablement à ses ébats, et y dire un dernier adieu à la mer.

Du point où nous étions placés, nous dominions la jolie baigneuse, et nous plongions pour ainsi dire sur elle. Ah ! mon cher magistrat, c'est ici qu'il faut boucher vos oreilles, dans le cas où vous seriez entaché de pruderie. Quant à nous, malgré la réserve dont nous avions fait preuve lorsque nous avions voulu fuir ces parages, malgré notre savoir-vivre et nos délicatesses, nous ne songions pas à fermer les yeux, tant le spectacle qui s'offrait à nous était séduisant, original et imprévu. Oui, imprévu, car, nous ne nous étions pas doutés d'une chose bien simple, à savoir que le bain de mademoiselle Diane ne pouvait avoir été prémédité.

On ne sort pas de chez soi, à dix heures du soir, pour aller se baigner à la mer; mais en plein été, si la nuit est chaude, si l'air manque dans l'intérieur des maisons, si l'on craint l'insomnie, on quitte sa villa avec l'espérance de respirer sur la plage ; on se promène un instant, on s'aperçoit que la chaleur est de plus en plus accablante, on se dit : « Comme il serait agréable de se baigner en ce moment ! » On hésite, on résiste à ce désir, il augmente. Mais on est en toilette de ville, on n'a pas son costume de bain sous son bras... c'est bien gênant un costume pour nager, et pour qui le mettrait-on ? Pour le monde, les spectateurs, les curieux ; il n'y a personne sur la plage, tout le Pouliguen dort d'un profond sommeil, et, du reste, il fait une obscurité si complète, qu'on serait cachée à tous les yeux.

Au lieu d'être enveloppée dans un peignoir on est enveloppée de ténèbres, n'est-ce pas encore mieux ? Puis on se plongera dans l'eau, seulement pour se rafraîchir, peut-être même ne compte-t-on y tremper que ses jambes. Alors, on cherche un petit coin bien solitaire, bien noir, une anfractuosité de rocher ; on ôte d'abord ses bottines et ses bas, pour les préserver de l'écume des vagues ; on s'avance dans l'eau ; la mer vous vient à la cheville, puis aux genoux.

Comme elle est chaude, quel plaisir on éprouverait à se tremper tout le corps et qu'on dormirait bien ensuite ! Quelle jouissance de nager, de s'avancer au large ! Pour une imagination ardente, quelle volupté de se perdre dans cette obscurité, cette solitude, cette immensité ! Oui, mais ce dernier voile qu'on a gardé sur soi, non pas dans la crainte d'être vue, c'est impossible, mais par respect de soi-même, par pudeur intime. Allons ! la tentation est trop forte, on retourne à la plage, on jette la fine baptiste à côté de la robe, et l'on court se cacher dans l'onde obscure. Mais, ô miracle ! l'obscurité disparaît, la mer s'illumine, et sans qu'on s'en doute, sans même qu'on y songe, on se trouve tout à coup illuminée avec elle.

Nous la regardions, nous ne perdions aucun de ses gracieux mouvements, aucun des détails de sa splendide beauté. Ne vous empressez pas de nous condamner : notre curiosité, je vous le jure, n'avait rien de malsain, nos regards, rien de charnel; nous admirions en artistes, comme on admire, dans un musée, quelque splendide étude. La toile que nous avions sous les yeux était d'un dessin trop correct, trop noble, trop pur, le cadre qui l'entourait trop merveilleux, pour permettre à notre esprit de s'égarer et à notre imagination de vagabonder ; notre âme seule s'extasiait, et, au lieu d'admirer la créature, elle admirait le créateur et s'élevait vers lui.

Elle nageait calme, souriante, gracieuse, voluptueuse et chaste. Ce n'était pas une femme, c'était Amphitrite, la déesse de la mer, fille de Nérée et de Doris. L'Océan paraissait son domaine, tant elle y était à l'aise ; elle n'obéissait pas aux flots, c'est eux qui lui obéissaient et la berçaient au gré de ses désirs. Il lui arrivait par moments de se retourner sur le dos, de s'étendre tout de son long sur la vague, de replier ses mains sous sa tête et de se laisser balancer par le flot. D'autres fois elle se plaisait à battre la mer, et alors la phosphorescence augmentait, l'étincellement de l'onde s'accroissait par le frottement, et chacun de ses coups produisait des jets de lumière, ici faibles, là resplendissants. Parfois, au contraire, l'ombre se faisait autour d'elle, c'était son corps qui paraissait s'illuminer : des étincelles électriques, des flammes rougeâtres semblables à des éclairs se dégageaient de ses cheveux, de son visage, de ses épaules, de ses reins, et répandaient sur elle un magique éclat. C'est alors que Closel et moi, sans nous consulter, par suite d'une sorte d'accord tacite, nous lui avons donné le surnom de la *Femme de Feu*.

Au bout d'un quart d'heure environ, mademoiselle Bérard, fatiguée sans doute de son bain prolongé, regagna la plage. A peine sortie des flots, elle rentra dans l'obscurité la plus complète. Nous l'aurions en vain cherchée des yeux ; elle était aussi invisible pour nous que nous l'étions pour elle.

Nous restâmes sur ce rocher tout le temps qu'elle s'habilla, immobiles et silencieux, contemplant toujours avec admiration le tableau de la mer phosphorescente, mais nous avouant qu'il n'avait plus pour nous le même attrait. Le frôlement d'une robe contre les rochers, un bruit imperceptible de pas légers dans le sable, une voix qui s'éloignait en fredonnant un air, nous apprirent que la déesse Amphitrite, redevenue femme, regagnait sa terrestre demeure. Jamais elle ne saura que de simples mortels ont contemplé ses charmes. Closel et moi, nous nous sommes juré de ne pas dévoiler les mystères du bain merveilleux auquel nous avons assisté. Nous nous devons cette discrétion à nous-mêmes, nous la devons à mademoiselle Bérard.

Si je me suis départi de ma réserve avec vous, c'est que vous êtes un homme sérieux, un magistrat, à qui l'on peut tout dire et qui sait tout oublier. Du reste, vous me rendrez cette justice, je vous ai fait admirer le tableau dans son ensemble, sans vous en montrer ni les détails, ni les lignes, ni les contours. Vous savez par moi que mademoiselle Diane est merveilleusement belle, rien de plus, et tous les habitants du Pouliguen peuvent en dire autant : son costume de bain la trahit suffisamment, comme vous le verrez vous-même, car la mer commence à baisser, le flot perd de sa force, et toutes nos baigneuses vont courir à la plage. Venez-vous ?

— Volontiers, dit Lucien en prenant le bras de Desvignes.

Depuis plus d'une heure, Desvignes discourait sans avoir été une seule fois interrompu, tant son récit avait impressionné le jeune magistrat. Ce tableau pittoresque et coloré, ces images où le réalisme se mêlait à la poésie, où tout le côté matériel et sensuel était habilement dissimulé sous des couleurs tendres et douces, où l'on devinait plus qu'on ne voyait, avait profondément agi sur l'imagination de Lucien prête à s'éveiller et devait aider à l'œuvre de transformation qui s'opérait en lui.

Ils avaient regagné la grande plage, celle où ils s'étaient rencontrés, et ils l'avaient trouvée encore plus animée qu'une heure auparavant, mais d'une animation toute mondaine. La colonie du Pouliguen était descendue au bord de la mer, et c'était un curieux mélange de toilettes de tout genre, un bruit confus de cris, de rires et de paroles. Différents groupes de femmes, la plupart jeunes et jolies, un livre ou une tapisserie à la main, assises sur le sable ou sur un pliant, avaient pris

place aux premières loges pour assister aux ébats des baigneurs. Une nuée d'enfants courait, criait, se poursuivait; d'autres, silencieux et graves, bâtissaient sur le sable de formidables forteresses qu'un simple souffle du vent ou une caresse de la vague devait bientôt balayer.

Au loin, plus de barques, toutes étaient rentrées au port, la mer seulement qui lentement s'éloignait, sans fracas et sans bruit, plaintivement en quelque sorte, comme si elle exhalait un soupir de regret.

Tout à coup, dans les groupes auxquels s'étaient mêlés Desvignes et Lucien d'Aubier, il se fit un mouvement. « La voilà ! » dit une voix. Les conversations s'interrompirent et les personnes qui se promenaient s'arrêtèrent.

— De qui parle-t-on ? demanda d'Aubier à son compagnon.

— D'elle! répondit Desvignes, de mademoiselle Diane Bérard, et, se penchant à l'oreille de Lucien, il ajouta : la Femme de Feu.

Elle s'avançait, en effet, doucement, sans se presser, comme pour donner à Lucien, qui ne la connaissait pas encore, le plaisir de l'admirer. Elle était vêtue d'un costume de bain en flanelle blanche, qui laissait à découvert un cou gracieux et fort, proportionné à sa taille au-dessus de la moyenne et des bras vigoureusement modelés et finement attachés. Des sandales en grosse toile ornementée d'un ruban bleu couvraient ses pieds minces et cambrés. Un peignoir, en laine blanche comme le costume, négligemment jeté sur les épaules, permettait de deviner une poitrine d'un dessin merveilleux, un buste long, élégant, des hanches accusées d'un délicieux contour. Et sur ce corps auquel sa forte charpente ne faisait rien perdre de son aristocratique élégance, une charmante tête de jeune fille de vingt-deux ans environ, une tête pleine de contrastes comme le corps, irrégulièrement classique ou classiquement irrégulière, si l'on peut s'exprimer ainsi. Des cheveux d'une nuance inconnue, blonds chauds, ou blonds fauves, *flava* ou *flulva comes*, auraient dit les Latins, des cheveux ni châtains, ni blonds, ni roux, et tenant de toutes ces nuances, touffus, d'une longeur démesurée, car elle paraissait avoir une grande peine à les ranger au-dessus de sa tête, et, malgré la chaleur du soleil, elle avait tant de confiance en leur épaisseur, qu'elle ne portait ni bonnet, ni chapeau.

Cette chevelure plantureuse, originale au possible, et dont les tons chauds devaient faire l'admiration des peintres, surmontait un front large, élévé, fier, audacieux ; des sourcils nettement tracés ; des yeux sans couleur distincte, comme les cheveux, jaunes d'or, peut-être, bordés de longs cils destinés à donner de la douceur à un regard trop profond et d'une trop grande fixité ; un nez grec, mince, fin, d'un dessin très pur, avec des narines toujours frémissantes ; des lèvres fraîches, où le sang abondait, laissant entrevoir des dents blanches, petites ; un menton un peu gros, indiquant de la résolution et de la ténacité dans le caractère ; enfin répandue sur ce visage, une chaude coloration, qui donnait à tous les traits une vie, une animation, un mouvement merveilleux.

Lorsqu'elle passa devant lui, Lucien eut une sorte d'éblouissement et courba la tête. Le magistrat qui, jusqu'à ce jour, n'avait rendu de sérieux hommages qu'à la justice, s'était fait homme et s'inclinait, non pas devant une femme, ce qui eût été naturel, mais devant la femme, ou plutôt devant sa beauté.

Arrivée au bord de la mer, Diane Bérard se débarrassa vivement de son peignoir, le remit à une femme de chambre qui venait de la rejoindre, et, sans hésitation, sans pousser aucun de ces petits cris que la fraîcheur de l'eau arrache aux baigneurs, marcha résolûment devant elle. Pendant un instant elle eut pied, puis tout à coup, à l'approche d'une vague un peu forte, elle plongea et reparut en nageant quelques mètres plus loin.

— Jusqu'où ira-t-elle aujourd'hui ? demanda quelqu'un.

— J'ai bien peur qu'elle ne fasse encore une imprudence, répondit une voix auprès de Lucien.

Cette voix frappa d'Aubier ; il lui sembla qu'il y perçait quelque chose de tendre et d'ému. Il se retourna et vit un homme de cinquante ans environ, grand, maigre, long, osseux, courbé, creusé pour ainsi dire. Il avait les joues enfoncées, les pommettes violacées et saillantes, le regard éteint, les yeux caves, profondément cernés, les moustaches et la barbe rares et grises. Une maladie organique devait avoir, avant l'âge, vieilli et usé cet homme dont les traits étaient beaux cependant et dont les manières conservaient un grand cachet de distinction.

— Quel est ce monsieur ? demanda Lucien à Desvignes.

— M. de Séry ; il appartient à une vieille famille bretonne qui s'est autrefois distinguée dans les guerres de Vendée. Son père ou son grand-père, je ne sais pas au juste, a été tué aux côtés de La Rochejaquelein, au combat de Chollet. Le de Séry actuel vit en gentilhomme campagnard,

sur une très belle terre, la Sauvinière, située au bord de la Loire, à deux lieues de Paimbœuf. Il est fort riche, mais je crois qu'il donnerait toute sa fortune pour un peu de santé.

— En effet, il paraît très souffrant.

— Il est poitrinaire, voilà son mal.

— Il n'a pas d'enfants ?

— Non, sa femme est morte en couches, et pendant vingt ans il l'a pleurée, car c'est un excellent homme que de Séry, plein de cœur et fort passionné, malgré ou plutôt à cause de sa maladie, qui dispose, assure-t-on, à la passion.

— Dites-moi, ne serait-il pas parent de mademoiselle Bérard ?

— Pas le moins du monde ; pourquoi me demandez-vous cela ?

— Cette jeune fille paraît l'intéresser.

— Parbleu ! il est amoureux d'elle ; je viens même d'apprendre par mon notaire qu'il l'avait demandée en mariage.

— Oh ! mon Dieu ! à son âge, malade comme il est, une si jolie fille !

— Aussi a-t-elle refusé avec enthousiasme.

— Je l'espère bien.

— Il y avait un certain mérite à cela. Mademoiselle Bérard est loin d'être riche, et elle le devenait, sans compter qu'elle faisait le bonheur de son père.

— Comment ! son père aurait consenti...

— Il aurait fait plus que de consentir, il aurait désiré.

— C'est un père impossible !

— A peu près, c'est un inventeur.

— Un inventeur ! Que voulez-vous dire ?

— Avez-vous lu les œuvres d'un romancier estimé, Hector Malot ?

— J'ai lu le *Beau-Frère*.

— C'est d'*une bonne Affaire* que je veux parler. Vous y auriez vu l'histoire d'un personnage qui ressemble comme deux gouttes d'eau à M. Bérard. Il invente, il invente toujours, n'importe quoi, ça lui est égal ; il se ruine, il ruine sa femme, ses enfants et il invente sans cesse. Il est né en inventant, il mourra en inventant. Le père de Diane avait une assez jolie fortune, il l'a dissipée en faisant des expériences en grand sur un nouveau mode d'éclairage qui n'a jamais été adopté. Madame Bérard est morte de chagrin ; son mari l'a enterrée, l'a même pleurée, non pas vingt ans comme l'autre, mais enfin il l'a pleurée... et, pour se consoler, il s'est remis à inventer. Pendant ce temps, mademoiselle Diane était élevée dans un grand pensionnat de Paris. M. Bérard, lorsqu'il pouvait dérober un instant à ses travaux, venait la voir et l'entretenait dans ses idées de riche avenir toujours souriantes pour une jeune fille. Comme tous les inventeurs, il était persuadé qu'il serait millionnaire le lendemain, et il faisait déjà un noble usage de sa fortune, en l'offrant à sa fille. « Prends, mon enfant, prends, lui disait-il, je serai toujours assez riche, j'ai des goûts simples. » Mademoiselle Diane prenait... des goûts dispendieux ; c'est tout ce que son père lui a jamais offert. A dix-sept ans, elle quitta la maison où elle avait été élevée, ou plutôt on lui fit comprendre qu'il était temps d'entrer dans le monde : M. Bérard avait oublié de payer les deux derniers trimestres de sa pension. Comment vécut-t-elle de dix-sept à vingt-deux ans je n'en sais trop rien. Son père, qui poursuivait alors, je crois, l'idée de vulgariser un nouveau système de labour, la fit voyager dans divers pays aux frais de ses bailleurs de fonds. Le labour ne prit pas, mais, en revanche, la misère commençait à venir, lorsque M. Bérard hérita l'année dernière de trois mille livres de rentes d'une vieille cousine qu'il avait à Nantes. Aussitôt il accourut chez nous avec l'espoir de vendre sa rente et de faire avec le capital de nouvelles expériences. La vieille dame avait prévu le cas : la rente était inaliénable. Le père et la fille ont donc pour vivre trois bons mille francs, et ils ont eu l'esprit de se fixer à Nantes, où, avec cette somme et quelque économie, on peut encore faire figure. La fille va, l'hiver, dans le monde, l'été elle se rend ici et son succès y est immense et mérité, vous avez pu le voir. Quant au père, il invente en province comme à Paris. Il a découvert une nouvelle hélice, bien plus puissante que l'ancienne, dit-il, et il est venu me proposer d'exploiter de compte à demi ce procédé, ce qui m'a permis de faire sa connaissance et de vous initier à tous ces détails.

Desvignes allait peut-être continuer ses explications, lorsqu'un mouvement qui se produisit sur la plage attira son attention et celle de Lucien.

Toutes les femmes assises un moment auparavant venaient de se lever et semblaient regarder avec anxiété dans la direction de la mer ; les enfants s'étaient rapprochés, les récolteurs de varech, appuyés sur leurs grands râteaux, avaient interrompu leur travail ; quelques hommes gesticulaient et parlaient avec animation.

— Oui, c'est ridicule, disait l'un d'eux ; un bain de mer sans maître nageur et sans canot.

— A Pornic, on aurait déjà couru à son secours.

— Mais elle ne paraît pas demander du secours, faisait observer un jeune homme.

— C'est égal, il peut lui arriver un accident, et que fera-t-elle à cette distance?

— Pourquoi va-t-elle si loin ? répliqua la femme du capitaine des douanes, une grosse boulotte, assez vulgaire. Elle n'a qu'à se baigner comme nous. C'est pour se faire remarquer.

— Oh ! dit à l'oreille de Desvignes, Closel, le secrétaire du préfet, celle qui vient de parler pourrait nager jusqu'en Amérique, personne ne la remarquerait.

— Tenez, tenez! s'écria quelqu'un, elle se dirige vers la Tour-Rouge; c'est insensé, la mer baisse et va l'entraîner.

— Je cours sur le port chercher un canot, dit M. de Séry avec émotion, il faut tout prévoir.

Sans avoir conscience de ces propos, de ces pensées ou de ces craintes, Diane Bérard s'éloignait toujours de terre, nageant avec calme dans la direction des Impairs, où elle savait pouvoir se reposer sur des rochers à fleur d'eau, ou sur les échelons en fer de la Tour-Rouge. Déjà, on parvenait difficilement à distinguer ses mouvements, et elle aurait tout à coup disparu qu'on s'en serait à peine aperçu.

L'anxiété augmentait sur la plage, et on interrogeait avidement deux ou trois personnes munies de lorgnettes et de longues vues. Closel étant au nombre de ces heureux privilégiés, Lucien, placé près de lui, abusait de sa supériorité hiérarchique pour emprunter le plus souvent possible au secrétaire du préfet l'instrument si recherché en ce moment; mais plusieurs baigneuses remarquèrent qu'entre les mains du jeune magistrat la lorgnette courait des risques : elle éprouvait de véritables oscillations de pendule, allant de droite à gauche et de gauche à droite, comme si le bras qui la tenait avait un tic nerveux. Lucien d'Aubier parvint, un seul instant, à la fixer sur ses yeux, et le spectacle qu'il aperçut lui causa une si vive émotion qu'il ne put retenir un cri.

— Qu'y a-t-il ? lui demandèrent à la fois ses plus proches voisins.

— Elle a disparu, dit-il d'une voix tremblante.

Quelques femmes nerveuses firent mine de se trouver mal, tandis que d'autres personnes, oubliant le respect dû à la magistrature, arrachèrent la lorgnette des mains de Lucien.

Mais comme elles se la disputaient, on entendit une voix qui disait :

— Rassurez-vous ; elle a seulement plongé. Elle vient de reparaître et elle a pied sur les roches des Impairs.

— Ah! fit Lucien en respirant.

— Que d'embarras! Il n'y en a que pour elle! murmura la femme du capitaine des douanes, ou plutôt la *capitaine* des douanes, comme on se plaisait à l'appeler.

Des jeunes gens péroraient dans un groupe.

— Elle est arrivée à la Tour, disait l'un d'eux; elle se repose, c'est très bien. Mais comment va-t-elle revenir? Elle a autant de chemin à faire, et le retour est beaucoup plus difficile.

— Et, pendant que cette jeune fille expose ainsi sa vie, fit observer une mère de famille, que fait son père?

— Il invente, dit Desvignes.

L'anxiété avait diminué; les nerfs se détendaient. C'était l'entr'acte; on se reposait des émotions passées et on prenait des forces pour les émotions à venir.

— Ah! dit Closel, elle se trouve assez reposée et elle repart.

En effet, mademoiselle Bérard s'éloignait maintenant des Impairs et semblait se diriger vers la plage. Mais les personnes qui l'observaient reconnurent bientôt l'inutilité de ses efforts: loin d'avancer, c'est à peine si elle parvenait à rester stationnaire.

Avec la marée descendante, un courant des plus violents s'était évidemment établi vers le milieu de la baie, dans la di rection de la pleine mer.

— Elle est perdue si l'on ne court pas à son secours! dit quelqu'un.

— Que fait M. de Séry? N'est-il pas allé chercher une embarcation?

Il y était allé, mais la plage est dure lorsqu'on la remonte, les pieds s'enfoncent dans le sable, la marche des plus jeunes, des plus robustes, en est retardée et le gentilhomme breton, nous le savons, ne péchait ni par excès de vigueur, ni par excès de jeunesse. Arrivé sur le quai, il avait couru au bout d'un canot; mais il lui fallut plus d'un quart d'heure pour décider deux marins à le suivre dans leur embarcation et à pousser au large.

Sur la plage l'émotion était extrême: on s'était d'abord rassuré au moment où le canot parut au bout de la jetée; on avait espéré qu'il arriverait à temps, et l'intérêt se partagea entre Diane et ceux qui allaient à son secours. Mais quand on vit l'embarcation suivre les méandres du chenal et, en même temps, la baigneuse s'éloigner de plus en plus, on comprit que tout était perdu. On put encore la suivre quelques instants à l'aide des lorgnettes, apercevoir un point noir qui, de temps en temps, surgissait au sommet d'une vague, puis le point s'effaça; on ne vit plus que la mer.

Tous les groupes s'étaient réunis et fondus en un seul. Chacun déplorait le terrible accident dont mademoiselle Bérard était victime; on chantait ses louanges sur tous les tons, on vantait son intrépidité, et maintenant toutes les femmes, sans même en excepter *la capitaine* des douanes, reconnaissaient sa beauté et lui rendaient hommage. C'étaient des lamentations sans fin et un concert d'éloges funèbres à donner envie de mourir. Lucien mêlait sa voix à toutes ces voix, lorsque Desvignes, le prenant par le bras et l'arrachant à la foule, lui dit:

— Voulez-vous faire un tour de promenade?

— En ce moment, oh! non, répondit-il, je n'ai pas le cœur à la promenade. Je n'ai vu qu'un instant cette jeune fille, mais ce malheur est si affreux, si imprévu...

— Que vous croyez devoir pleurer sur son sort. Eh bien! pleurez avec moi, au lieu de pleurer avec tous ces gens-là. Tenez, là-bas, sur ces rochers, nous serons à ravir pour nous lamenter.

Si le jeune substitut se fût trouvé au tribunal, sur son siége, il eût certainement rappelé Desvignes au respect des convenances; il lui eût fait observer qu'il était peut-être de mauvais goût de parler, sur ce ton léger, d'une catastrophe qui attristait tout le monde. Mais n'ayant pas qualité pour donner une leçon à l'armateur, il se contenta de lui dire:

— Non, ces rochers sont trop éloignés, et je vais rejoindre ma mère; elle doit avoir terminé ses recherches.

— Vous avez tort, répliqua Desvignes. je vous aurais probablement montré quelque chose de curieux. Venez donc; avez-vous à vous plaindre de ma société depuis une heure?

— Non, sans doute.

— Voyons, venez, fit-il en lui prenant familièrement le bras, et je me trompe bien, si, plus tard, vous ne me remerciez pas de mon insistance.

Ce fut encore dans la direction de Painchâteau que l'armateur entraîna Lucien.

Ils marchaient d'un pas précipité, en silence, Desvignes précédant d'Aubier et lui montrant le chemin. Arrivés à l'endroit où se dresse un refuge de douaniers, l'armateur se tourna vers son compagnon et lui dit:

— Avez-vous le vertige?

— Je ne crois pas.

— Alors vous ne craindrez pas de descendre jusqu'à la plage par ce sentier taillé dans le roc?

— Mais nous sommes presque à la hauteur de la mer, ces rochers n'ont pas plus de quatre à cinq mètres.

— Ils n'en ont pas davantage du côté du Pouliguen, mais le chemin de traverse que je vous ai fait prendre, nous a conduits à l'extrémité de la baie ; nous approchons de l'Océan, la nature a grandi et le rocher sur lequel nous marchons en ce moment a au moins vingt mètres. Regardez.

— En effet.

— Vous n'êtes pas effrayé ?

— Non.

— Alors descendons.

— Soit.

Quelques minutes leur suffirent pour gagner la plage. Maintenant la falaise, car la côte avait pris les proportions d'une falaise, se dressait au-dessus de leur tête. Devant eux s'étendait un grand amas de rochers d'inégale grandeur et de toutes les formes, que la mer couvrait deux heures auparavant et qu'en se retirant, elle avait laissés à sec.

— Nous ne pouvons plus avancer, dit Lucien.

— Pourquoi ?

— Ces roches nous en empêcheront.

— Rassurez-vous ; nous tournerons les plus élevées et nous franchirons les plus petites. J'ai fait dix fois ce chemin, en compagnie de femmes élégantes, pour pêcher la crevette. Il n'y a qu'un danger à courir : celui de se mouiller les pieds.

— Je ne craindrais pas de me mouiller les pieds si...

— Si vous saviez le but de cette course désordonnée, n'est-ce pas ? Encore un peu de patience, et vous allez le savoir. Permettez-moi de ménager mes effets de mise en scène.

— Allez, je m'abandonne à vous. Quelque chose me dit que nous ne faisons pas une simple promenade.

— Soyez-en persuadé.

Ils marchaient lentement au milieu de ce chaos de la nature. Tantôt ils mettaient plusieurs minutes à franchir un petit espace, tantôt, grâce à un banc de sable, espèce d'oasis située entre deux roches, ils parcouraient en un instant une grande distance.

Plus ils s'avançaient, plus la falaise prenait des proportions colossales, plus la grande voix de la mer semblait bruyante et redoutable. Ils avaient définitivement quitté la baie du Pouliguen et gagné les rives de l'Océan.

Depuis un instant, Desvignes avait moins d'assurance ; il s'arrêtait souvent, paraissait inquiet, et, au lieu de tourner les rochers, il préférait les gravir, et, arrivé à leur sommet, consulter l'horizon.

— Eh bien ? lui demanda tout à coup d'Aubier, en le rejoignant après sa dernière ascension.

— Eh bien ! répondit Desvignes d'une voix où perçait une certaine émotion, je n'y comprends plus rien.

— Je comprends encore moins que vous, fit Lucien.

L'armateur devina le reproche contenu dans ces mots, s'arrêta, et, se tournant vers son compagnon :

— Excusez-moi, lui dit-il, je voulais vous causer une surprise ; de là mon silence et le mystère dont je me suis entouré. Mais je commence à craindre de m'être trompé, je doute de moi et je vous dois une explication.

Cette course qui avait duré plus d'une heure les avait fatigués, ils s'appuyèrent contre un rocher et Desvignes reprit :

— Si je vous ai arraché du groupe où l'on se lamentait sur la mort de mademoiselle Bérard, c'est que je ne croyais pas à cette mort. Suivant moi, mademoiselle Diane était trop bonne nageuse, avait trop de sang-froid pour avoir péri si misérablement. L'idée m'était venue qu'au lieu d'essayer de regagner la plage, elle avait dû au contraire s'en éloigner et nager vers le point de la côte où nous sommes en ce moment et sur lequel le courant la poussait.

— Mais on ne l'aurait pas vue disparaître tout à coup, fit observer Lucien.

— A la distance qui nous séparait d'elle, plus d'un kilomètre et demi les lorgnettes les meilleures laissent à désirer. Du reste, la mer avait beaucoup baissé, des rochers auparavant couverts se dessinaient à l'entrée de la baie, et mademoiselle Bérard pouvait avoir gagné l'un d'eux et s'être ainsi dérobée aux regards.

— Oui, votre espoir se concevait. Ne l'avez-vous plus ?

— Il est, en tous cas, bien faible, fit Desvignes en soupirant. Nous venons de parcourir toute la côte où mademoiselle Diane devait, suivant moi, s'être réfugiée et rien n'indique sa présence.

— Elle peut être cachée dans une de ces grottes, fit observer Lucien qui se refusait à perdre tout espoir.

— Je le croyais tout à l'heure encore ; hélas ! ma dernière ascension m'a convaincu que la côte est déserte.

Il s'arrêta : pendant un de ces courts instants où la mer semble faire silence et se recueillir pour gronder ensuite avec plus d'éclat, un chant plein, sonore, vibrant, venait tout à coup de retentir.

— Silence ! dit Desvignes à Lucien qui, très ému, allait l'interroger. Ecoutons.

Mais l'Océan était redevenu bruyant ; sa grande voix couvrait la voix humaine.

Au bout d'une minute, pendant laquelle ils prêtèrent inutilement l'oreille, d'Aubier dit à son compagnon :

— Avez-vous reconnu cette voix ?

— Non... ou du moins je n'ose me prononcer.

— En tout cas, la côte n'est pas déserte comme vous l'affirmiez.

— Evidemment; il faut chercher.

Ils reprirent leur course, s'arrêtant à chaque pas, écoutant, regardant autour d'eux.

Peine inutile ; au-dessus de leur tête le ciel d'une sérénité remarquable, devant eux le même dédale de rochers, au loin la mer toute frangée d'écume.

Peut-être allaient-ils interrompre leurs recherches et revenir sur leurs pas, lorsque la voix résonna de nouveau, mais, cette fois, à quelques pas d'eux, derrière un bloc de rochers dont ils s'apprêtaient à faire l'ascension.

Alors, après s'être jeté un regard qui semblait dire : Nous sommes récompensés de nos peines, ils s'avancèrent lentement, silencieux et émus.

Bientôt ils s'arrêtèrent. Dans une petite anse mystérieuse de quelques pieds à peine, ils venaient de découvrir mademoiselle Diane Bérard qui, couchée sur le sable, se reposait de ses fatigues et se séchait au soleil.

Rien n'était changé dans sa toilette : son costume de bain ne paraissait pas avoir souffert du long séjour qu'il avait fait dans l'eau ; sa ceinture lui dessinait toujours la taille et ses espadrilles lui tenaient aux pieds, comme si elle sortait de sa cabine pour descendre à la mer. Ses cheveux seuls n'étaient pas ramenés élégamment au dessus de sa tête, elle les avait défaits et ils s'épandaient autour d'elle en flots pressés.

Etendue tout de son long, un peu penchée du côté droit, une jambe s'entrecroisant gracieusement avec l'autre, un bras enfoncé dans le sable et servant pour ainsi dire d'oreiller à sa tête, elle regardait la mer et chantait une barcarole italienne.

— Nous sommes heureux, mademoiselle, de vous trouver en bonne santé, fit tout à coup Desvignes.

Elle poussa un petit cri d'effroi, se redressa vivement, rejeta ses cheveux en arrière et reconnaissant l'armateur :

— Ah ! lui dit-elle en se levant, vous m'avez fait peur !

— Je vous conseille de vous plaindre, reprit Desvignes, comme si nous n'avions pas eu dix fois plus peur que vous.

— Et de quoi, mon Dieu ?

— De vous perdre, mademoiselle. Depuis deux heures, tout le Pouliguen vous croit morte.

— Morte ?

— Oui, morte, noyée.

— Moi !

— Vous. Mais avant de donner d'autres explications, permettez-moi de vous présenter M. Lucien d'Aubier, substitut du procureur impérial à Nantes. Il a bien voulu m'aider à explorer cette côte pour vous retrouver.

Elle répondit par un sourire et un mouvement de tête au profond salut de Lucien, puis se tournant vers Desvignes :

— Vous ne m'avez donc pas crue noyée, vous ? lui dit-elle.

— Moi, mademoiselle, j'avais un vague espoir, une sorte de pressentiment... mais j'étais le seul.

— Monsieur ne partageait pas vos doutes ? demanda-t-elle.

— Monsieur, répondit l'armateur, n'a partagé que mes fatigues et elles commencent à compter, je vous assure.

— Prenez donc la peine de vous asseoir, messieurs, fit-elle en riant.

Et, pour donner l'exemple, elle s'assit aussitôt sur le sable.

— Quoi ! vous ne m'imitez pas ? continua-t-elle en s'adressant à Lucien qui, tout abasourdi par les émotions de cette journée unique dans son existence, restait immobile à la contempler.

Interpellé de la sorte, d'Aubier crut devoir s'asseoir à son tour; seulement, il voulut conserver une certaine dignité et il se fit un siége d'une anfractuosité de rocher.

Desvignes se contenta du sable qui lui était généreusement offert; il s'y plaça en face de mademoiselle Bérard et lui dit :

— Ainsi, vous ne vous pressez pas davantage d'aller rassurer les personnes qui vous pleurent en ce moment ?

— Vous ne parlez pas sérieusement, lui répondit-elle. Personne ne me pleure, vous le savez bien ; mon père seul pourrait avoir cette bonne pensée et je courrais le rassurer s'il était au Pouliguen. Mais il est parti, ce matin, pour Saint-Nazaire et, plongé dans son hélice, il ne se doute pas des bruits qui courent en ce moment sur sa fille. Seule à la maison, ma femme de chambre calcule déjà, j'en suis certaine, ce que ma mort va lui rapporter : elle examine ma garderobe et se l'approprie en expectative.

— Vous avez peu d'illusions, mademoiselle, fit observer Lucien.

— Je n'en ai aucune, monsieur, répondit-elle avec son plus gracieux sourire.

— Je sais, cependant, une personne, fit l'armateur, qui pleure bien fort en ce moment, je le parierais.

— Qui donc ?

— M. de Séry.

Elle ne put se défendre d'un froncement de sourcils et répliqua :

— Oh! pour celui-là, peu m'importe.

— Cependant...

— Cependant, il m'a demandée en mariage, n'est-ce pas, allez-vous dire ? C'est même une belle action, fort rare, j'en conviens ; en ma qualité de fille majeure et sans dot, je sais à quoi m'en tenir sur le désintéressement des hommes. Mais mon père, je ne puis l'oublier, a pris au sérieux ces projets de mariage, il m'en parle parfois et c'est un sujet de discorde entre nous. Il eût été plus généreux à M. de Séry de se taire, et tout aussi profitable pour lui, car je ne l'épouserai pas. Je ne donnerai jamais ma main à un homme vieux et malade, aurait-il le plus beau nom et tous les millions de la terre. Si je me confesse ainsi, mon cher monsieur Desvignes, c'est que votre femme a bien voulu plaider, l'autre jour, auprès de moi, la cause de M. de Séry ; il est nécessaire qu'elle connaisse ma pensée.

— Je trahirai confession, mademoiselle ; j'en dirai même deux mots à ce pauvre baron pour l'empêcher de conserver un espoir bientôt déçu. Quand je pense que tout à l'heure il s'est élancé des premiers à votre secours !...

— A la nage ! fit-elle avec un éclat de rire. Oh ! ce n'est pas croyable.

— En canot, répliqua Desvignes.

— A la bonne heure ; c'est dans ses cordes. Eh bien, pourquoi ne m'a-t-il pas sauvée ?

— Lorsqu'il est arrivé aux Impairs vous aviez disparu.

— Trop tard ! Il y a des personnes qui n'ont pas de chance.

— Comme je l'avais prévu, continua Desvignes, ravi de la sagacité qu'il avait montrée et désirant être admiré, vous vous êtes dirigée vers la grande côte, après avoir reconnu l'impossibilité de remonter le courant et de regagner la plage ?

— Comment dites-vous cela ? fit la jolie baigneuse en le regardant d'un air moqueur. Je ne pouvais pas remonter le courant, moi ! Vous vous égarez, cher monsieur. Si j'étais partie de la plage avec l'intention d'y revenir, rien ne m'aurait arrêtée. Je ne crois pas aux obstacles ; avec du sang-froid et de la volonté, on doit les vaincre. J'avais simplement résolu de traverser aujourd'hui toute la baie ; mon itinéraire était tracé à l'avance. J'ai fait une station aux Impairs, et je me suis dirigée vers cette côte en m'aidant du courant au lieu de me laisser entraîner par lui, comme vous l'avez cru.

— Vous me rendrez au moins cette justice, fit observer Desvignes, que seul au Pouliguen je n'ai pas douté de vous. Je me suis dit : elle n'est pas femme à se noyer ainsi.

— Et vous avez eu raison. Je puis mourir de mort violente, je ne mourrai pas noyée. La mer m'est toute dévouée ; je l'aime trop pour qu'elle veuille me nuire.

Elle se tourna brusquement vers d'Aubier et lui dit :

— Savez-vous nager, monsieur ?

— Hélas ! non, mademoiselle, répondit-il, et je suis honteux d'avouer mon inexpérience devant une nageuse telle que vous.

— Pourquoi cela ? vous pouvez apprendre. Vous ne ressemblez pas à M. de Séry, vous, monsieur ; rien ne s'oppose à ce que vous piquiez des têtes avant peu. Si vous voulez, nous ferons une affaire ; je vous donnerai non pas des leçons, mais des conseils de natation, et, en échange, vous me procurerez les moyens, en votre qualité de magistrat, et à mon retour en ville, d'assister parfois à des séances de cour d'assises. J'adore les émotions d'un procès criminel. Ne vous empressez pas de blâmer ce goût chez une jeune fille ; d'abord je suis élevée toute seule, c'est-à-dire très mal ; ensuite je suis majeure, je crains fort de ne me marier jamais, et j'ai pris le parti de vivre comme une veuve, c'est-à-dire de satisfaire mes caprices... permis.

Elle s'arrêta tout à coup et se levant :

— Messieurs, si vous êtes reposés, fit-elle, nous allons regagner le Pouliguen. Il ne s'agit pas de rassurer les populations alarmées, je ne m'en inquiète guère, mais il s'agit de dîner, ce qui est précieux, lorsqu'on a pris comme nous beaucoup d'exercice.

— En route, dit Desvignes. Nous ferons une rentrée superbe, je vois d'ici l'étonnement général.

Mais s'arrêtant tout à coup :

— O mon Dieu !

— Quoi donc ?

— J'étais sûr de vous retrouver et je n'ai pas eu l'idée de vous apporter votre peignoir ; c'est absurde ! Il eût attesté, d'une façon matérielle, mon intelligence. On croira peut-être que je vous ai rencontrée par hasard.

— Si vous l'aviez apporté, fit-elle, vous ne m'auriez probablement pas trouvée ; il vous eût porté malheur. A Bade, où j'ai passé une saison avec mon père qui, en sa qualité d'inventeur, avait aussi rêvé un petit système pour faire sauter toutes les banques, — entre parenthèse, c'est lui qui a toujours sauté, — j'ai souvent remarqué un monsieur dont les poches étaient garnies de deux ou trois sacs en toile destinés à emporter l'argent qu'il devait infailliblement gagner. Jamais il n'a eu l'occasion d'y mettre un florin. Mon peignoir aurait eu le même sort : en pu-

nition de ce luxe de précautions, vous seriez revenu avec lui sans moi; n'est-il pas
préférable de revenir avec moi sans lui.

Mademoiselle Bérard et Desvignes devi-
saient ainsi, tout en marchant, tandis que
Lucien les suivait à distance d'un pas mal
assuré. Le magistrat, si solide sur son
siège au tribunal, si remarquable de sang-
froid et de tenue, que n'avaient jamais intimidé ni l'accusé, ni les témoins, ni le
défenseur, fût-il un avocat en renom, se
sentait depuis un instant étourdi, ahuri,
ivre en quelque sorte. Il attribuait cet
état au grand air auquel il n'était pas habitué, au vent, au soleil, au bruit inces-
sant du flot contre le rocher, à mille impressions physiques nouvelles pour lui et
par cela même plus actives.

Il ne songeait pas à rendre mademoiselle Diane Bérard responsable de son
enivrement et à se dire : à cause d'elle,
et, par elle, depuis plusieurs heures, je
marche d'étonnements en étonnements, je
passe d'une émotion à une autre, je subis
des impressions inconnues. On la peint
d'abord d'une façon si pittoresque, sous
des couleurs si étranges, qu'on excite au
plus haut point mon imagination et ma
curiosité; on me raconte sa vie, nouvel
étonnement, nouvel intérêt. Bientôt elle
apparaît, elle descend sur la plage, elle
passe devant moi, et jamais créature plus
belle, plus séduisante, n'avait frappé mon
regard, jamais je n'avais rêvé un ensemble aussi complet de beautés accom-
plies, de grâces provocantes. Elle s'élance
dans la mer, elle nage, elle s'éloigne et
je ne puis me défendre de la suivre des
yeux, de ne songer qu'à elle.

Tout à coup, voici une émotion nouvelle, une émotion terrible : on la dit
morte; je souffre et je me lamente. Mais
Desvignes m'entraîne au loin; je fais une
course vertigineuse sur les rochers, à travers mille obstacles, pour me trouver en
face de ma jolie ressuscitée. Elle parle, et
chez aucune jeune fille, chez aucune
femme, je n'ai trouvé tant d'originalité.
Quelle netteté et quelle franchise d'expressions, quelles idées arrêtées sur toutes
choses, quelle volonté ardente et pourtant
réfléchie! Mes sens, qui sommeillaient,
ont été si habilement surexcités, qu'ils
viennent enfin de s'éveiller.

Ce ne sont pas les ardeurs du soleil, les
senteurs de la mer, ce n'est pas le bruit
des flots qui m'enivrent, c'est sa voix vibrante, sa démarche voluptueuse, ses
longs cheveux chaudement colorés, sa
nuque cotonneuse, les lignes vigoureuses
de son cou, ses épaules développées, sa
taille élégante et cambrée, ses reins solides nettement dessinés sous son costume

de bain; c'est enfin le mystérieux parfum
qui se dégage d'elle et que je respire avec
délices. Elle a fait naître en moi tout un
monde de sensations nouvelles; je n'étais
qu'un magistrat, je suis maintenant un
homme.

Mademoiselle Bérard ne se rendait probablement pas compte des émotions
qu'elle causait, car elle semblait préoccupée, et presque blessée du peu d'empressement de Lucien à la rejoindre. Souvent
elle se retournait vers lui comme pour lui
dire : « Venez donc rompre la monotonie
de mon tête-à-tête avec M. Desvignes;
c'est un homme charmant, très peu pro-
vincial et dont la conversation est toute
parisienne; mais il est marié, père de famille et il a dépassé la quarantaine. »
D'autres fois, au moment de faire une ascension difficile, elle semblait lui demander l'aide de son bras. Mais le substitut
restait insensible à ces petites provoca-
tions; rien ne pouvait le distraire de son
extase.

Cette froideur apparente, cette indifférence produites par une admiration trop
vive, devaient mieux servir Lucien d'Aubier que ne l'eussent fait des soins, des com-
pliments et de l'expansion. Diane Bérard
Habituée aux hommages rendus à sa beauté, devait remarquer le premier homme se
refusant à payer le tribut. S'il était coupable, vis-à-vis d'elle, de mauvais goût, il
ne péchait pas du moins par la banalité,
et il témoignait de son horreur pour les
chemins battus.

En même temps la réserve avec laquelle on accueillait les avances de mademoiselle Bérard, les résistances qu'on
lui opposait, devaient séduire cette nature ardente, toujours en quête d'obstacles
à surmonter, de difficultés à vaincre.
Avide d'émotions et n'en trouvant plus
dans ses lointaines excursions en mer,
elle était prête à rechercher de nouveaux
périls et à se jeter, tête baissée, dans quelque grande lutte où son cœur enfin serait
en jeu.

L'émotion causée par la mort supposée
de mademoiselle Diane ne pouvait avoir
exercé une telle influence sur les habitants du Pouliguen, qu'ils eussent renoncé à leur dîner.

Le bruit de son retour se répandit dis-
crètement dans le pays; les jeunes gens
burent en signe d'allégresse un verre de
vin extra; le chroniqueur de l'endroit dé-
chira, non sans un certain dépit, l'article
nécrologique qu'il venait de composer et
qu'il destinait à l'Union bretonne, et la
femme du capitaine des douanes, toujours
bienveillante, ne put s'empêcher de s'é-
crier : « En fait-elle de l'embarras, celle-

là ! Il ne lui suffit pas de mourir; il faut qu'elle ressuscite ! » Seul peut-être au Pouliguen, M. de Séry manqua de se trouver mal lorsqu'on vint lui apprendre l'arrivée de celle qu'il aimait de cet amour opiniâtre propre aux malades et aux vieillards.

Sur la plage, mademoiselle Bérard prit congé de ses deux compagnons et regagna à la hâte sa demeure. Desvignes s'élança vers son chalet, d'où sa femme et ses enfants affamés lui faisaient des signes de détresse, et Lucien se mit à la recherche de sa mère, un peu trop oubliée depuis quelques heures.

Il la retrouva sur la promenade du quai et toujours en compagnie de mademoiselle Marie de Rioux et de son oncle.

— Enfin ! te voilà ! s'écria madame d'Aubier ; j'aurais été très inquiète de ton absence, sais-tu, si on ne m'avait pas dit t'avoir vu t'éloigner avec M. Desvignes. Il t'a donc conduit bien loin ?

Lucien ne craignit pas de donner des détails sur son excursion. Lorsque mademoiselle Marie apprit que Diane était encore vivante, elle ne put dissimuler sa joie.

— Oh ! quel bonheur ! s'écria-t-elle ; cet événement m'avait toute bouleversée !... J'étais triste, triste à en mourir... Je connais mademoiselle Bérard seulement pour l'avoir aperçue dans les rues de Nantes et ici sur la plage ; mais elle est si jolie, si belle, si gracieuse !... Oh ! mon Dieu ! c'eût été un affreux malheur !... Mourir à son âge, d'une telle façon !... Heureusement qu'elle est sauvée... Ah ! je me sens moins oppressée... je me sens renaître !

Lucien, pendant que mademoiselle de Rioux s'exprimait de la sorte, la regardait et la trouvait charmante. Les grâces naissantes de cette jeune fille, son adorable ingénuité, sa simplicité en toutes choses, son regard bon et doux, la chasteté de ses manières, son incontestable beauté n'avaient produit jusqu'à ce jour aucune impression sur l'esprit du jeune magistrat; quelques éloges décernés à mademoiselle Bérard venaient de le subjuguer, et il était prêt maintenant à s'incliner devant les éminentes qualités de la protégée de sa mère.

— Eh bien ! dit madame d'Aubier à son fils, qu'as-tu décidé durant ta promenade ? Restons-nous ici, ou bien partons-nous pour le Croisic ?

— Comment, le Croisic ! fit Lucien que ce nom effrayait maintenant. N'avait-il pas été convenu...

— Rien n'a été convenu. Tu m'as dit simplement de chercher, à un moment où, il faut l'avouer, tu croyais que je ne trouverais pas.

— Eh bien ! chère mère, avez-vous trouvé ?

— Oui ; mais je n'ai rien voulu conclure avant d'avoir ton avis.

— Je suis prêt à vous le donner, mais il sera conforme au vôtre.

Madame d'Aubier, son fils et ses amis se dirigèrent vers la maison qu'ils avaient en vue.

Elle est située à deux minutes de la plage, devant un joli bois de sapins qui préserve à la fois des rayons trop ardents du soleil et des vents d'Ouest. Elle est grande, commode, d'une propreté exceptionnelle dans ces parages, et elle appartient à une Parisienne, femme d'esprit et femme du monde, dont il y a profit moral à devenir le locataire. Il n'en fallait pas tant pour séduire Lucien; il était dans une disposition d'esprit à se contenter, pour rester au Pouliguen, d'une chambre dans une bicoque; on lui offrait une agréable habitation, il daigna l'accepter et s'occupa immédiatement d'y faire porter ses malles.

Ces premiers soins remplis, la mère et le fils rejoignirent leurs amis, dont ils n'avaient pu décliner l'invitation à dîner. Mademoiselle Marie fit les honneurs de la maison de son oncle avec une grâce et une gaieté parfaites. La présence d'un homme jeune, aimable, dans son intérieur un peu triste, la mettait sans doute en belle humeur; se rappelant aussi que Lucien avait commencé par manifester un certain regret de passer au Pouliguen son mois de vacances, elle se félicitait de le voir maintenant heureux d'y vivre, et, dans son petit amour-propre de jeune fille, elle s'attribuait le mérite d'avoir modifié si vite les idées de son hôte. Peut-être encore connaissait-elle par M. de Rioux, ou avait-elle deviné les projets d'avenir formés par madame d'Aubier et les caressait-elle en secret.

On s'entretint à plusieurs reprises, pendant le dîner, de mademoiselle Bérard, que ses aventures de la journée, sa mort et sa résurrection avaient mise en lumière. Madame d'Aubier, dont la sévérité de principes ne pouvait s'accommoder de certaines excentricités, blâma vertement la conduite de cette jeune fille courant ainsi les mers, sans souci des convenances, et semblant se plaire à occuper l'attention.

— C'est entièrement mon avis, dit le vieux président, et ce n'est pas d'aujourd'hui seulement que j'ai jugé celle dont nous parlons. Ses allures blessent les honnêtes gens, et, depuis longtemps, j'interdis à ma nièce toute relation, même éloignée, avec cette demoiselle.

Lucien ne prit pas la défense de mademoiselle Bérard, soit qu'il partageât l'opinion qu'on venait d'émettre, soit qu'il trouvât inutile de la combattre. Il ne pouvait espérer convertir à des idées nouvelles et larges un ancien magistrat de province, vieilli dans le respect de toutes les saines traditions, et, quant à sa mère, il la connaissait de longue date pour un esprit très net, très précis, très entier, incapable de revenir sur ses premières impressions et de faire des concessions lorsqu'il s'agissait de convenances sociales, de règle de conduite, d'honneur ou de probité.

Les nouveaux arrivés ayant besoin de repos, la soirée se termina de bonne heure. Ils prirent congé de leurs hôtes et regagnèrent leur habitation.

Si Lucien eût suivi sa première inspiration qui le poussait à se fixer au Croisic, les souvenirs de cette journée passée au Pouliguen se seraient promptement effacés. Le lendemain, à son réveil, sa courte ivresse avait disparu et sa raison avait triomphé de la surprise faite à son imagination et à ses sens. Il jugeait maintenant mademoiselle Bérard comme elle devait l'être : au point de vue physique, il n'avait que des louanges à lui adresser, et ce n'était pas sans une certaine émotion qu'il se rappelait le récit de Desvignes et le moment où, descendant sur la plage, pour prendre son bain, elle lui était apparue pour la première fois.

Mais il lui reconnaissait aussi des défauts propres à éloigner d'elle tout homme sérieux : la bizarrerie de ses manières, sa conversation trop excentrique, son indépendance de caractère et certaine sécheresse de cœur, facile à deviner. Il lui arrivait encore de constater que mademoiselle Bérard ne pouvait plus avoir cette virginité de pensées, si désirable chez une jeune fille : élevée dans des pensionnats parisiens, mal dirigée, ayant, à dix-huit ans, couru le monde, avec un père absorbé par de folles idées, elle devait tout savoir ou tout deviner, et souffrir de cette science jusqu'alors inutile.

Devait-il songer à faire sa femme d'une telle personne ? Assurément non. Sans parler de la question d'argent, toujours importante en province, un magistrat, à ses débuts, désire, à défaut de fortune, trouver chez sa femme des qualités solides et ces attaches de famille, ces grandes relations qui peuvent, un jour, servir à l'avancement ; il doit surtout s'interdire toute union entachée d'irrégularité morale. Mais, à défaut de mariage, lui était-il permis d'entrevoir une intrigue amou-reuse, une liaison passagère ? Bien moins encore. Sa position, son éducation, ses principes s'y opposaient. Si mademoiselle Bérard avait été veuve ou mariée, et déjà un peu compromise, si lui-même avait occupé un siège à la cour, peut-être aurait-il timidement admis une incartade de ce genre. Mais une jeune fille, quel scandale ! et lorsqu'on est simple substitut, quelle folie ! Ainsi raisonnait Lucien et, comme on le voit, tout son sang-froid, tout son calme lui étaient revenus.

Cependant, à certaines heures, lorsqu'il se promenait solitaire, dans le bois situé devant sa maison, que les oiseaux se poursuivaient dans les arbres, que les insectes bruyaient dans les chemins, que le soleil couchant l'inondait de ses rayons, que la brise de mer lui apportait d'âcres et vivifiantes senteurs, alors il lui arrivait de tressaillir au souvenir de mademoiselle Bérard. Il se disait : « Avec une telle femme, je rattraperais le temps perdu, le temps consacré au travail et refusé à l'amour ; auprès d'elle, je vivrais non-seulement dans le présent, mais dans le passé que je n'ai pas vécu, et je verrais revenir vers moi, à tire-d'ailes, ma jeunesse depuis longtemps envolée. »

Mais, à quoi songeait-il ? Avait-il donc suffi du récit de Desvignes, d'un bain, d'une promenade, d'une heure de conversation pour l'impressionner et le séduire à ce point ? Comment allait-il chercher si loin le bonheur, la jeunesse et l'amour, lorsqu'il les avait tout près de lui, sous la main, presque sous son toit ? Mademoiselle Marie de Rioux n'était-elle pas charmante et plus jeune, plus séduisante sous mille rapports que mademoiselle Bérard ? Quelle douceur dans le regard, quel esprit bienveillant, quelle grâce naïve, quelle adorable innocence ! C'était plaisir à la voir s'éveiller à la vie ! Il se faisait en elle comme une belle matinée de printemps.

N'était-il pas facile de lire dans ses yeux qu'elle était toute prête à obéir aux secrets désirs de son oncle et de la mère de Lucien ? Comme l'existence auprès d'elle promettait d'être douce ! Quelles jolies vacances il pourrait passer ! Quel plaisir d'étudier cette âme à peine éclose, de façonner à sa guise ce caractère à peine ébauché, de se rendre maître peu à peu de ce bon petit cœur, qui déjà s'essayait à battre pour lui ! Et comme c'était bien la femme qui lui convenait : d'une famille de magistrats comme la sienne, nièce d'un des hommes les plus estimés dans la magistrature de province, admirablement élevée, instruite et sachant déjà faire les honneurs d'un salon. Comment hésiter entre elle et Diane Bérard ?

En ce moment, il n'hésitait pas : Marie de Rioux avait toutes ses préférences. Mais, à chaque pas qu'il allait faire dans les rues étroites du Pouliguen, sur ses quais resserrés, sur sa plage de deux cents mètres à peine, il se trouverait en contact continuel avec mademoiselle Bérard. Résisterait-il à toutes les séductions qui se dégageaient de cette jeune fille? Sa raison continuerait-elle à dominer son imagination, comme elle la dominait en ce moment?

Si encore il ne s'agissait que de la voir de loin et de la rencontrer, par hasard, à de rares intervalles! Mais pour peu qu'il fréquentât la société du Pouliguen, il allait se trouver avec la belle Diane à chaque heure du jour, et vivre pour ainsi dire de sa vie.

Madame Desvignes, du reste, qui donnait un peu le ton sur la plage, protégeait ouvertement cette jeune fille. Née et élevée à Paris, elle avait, en toutes choses, des idées plus larges que les Nantaises ; les allures de mademoiselle Bérard ne pouvaient la choquer et elle l'admettait sans réserve dans son intimité. Ne nourrissait-elle pas aussi le secret dessein de la marier à M. de Séry, un vieil ami de sa famille, dont le constant amour avait fini par l'intéresser? Très mondaine, un peu légère, au lieu de voir dans le mariage l'union de deux cœurs, elle y cherchait l'association de deux intérêts : mademoiselle Bérard n'avait pas de fortune, on lui en offrait une considérable; elle n'avait pas de position bien définie, on lui donnait un titre et un nom respecté. Cela suffisait à madame Desvignes. Elle s'était promis de triompher de toutes les résistances, et pour y arriver elle recherchait la société de Diane, qui prenait part ainsi aux fêtes organisées au Pouliguen, sous l'inspiration de sa protectrice.

Le matin ou dans l'après-midi, à l'heure de la marée, Lucien trouvait mademoiselle Bérard sur la plage. Lorsqu'il prenait sa leçon de natation, elle nageait à quelques pas de lui et avant de s'éloigner au large, en vertu de la convention faite entre eux, elle lui jetait, à travers le flot, des conseils ou des paroles d'encouragement. Assis sur le sable en compagnie de Desvignes ou de Closel, il lui arrivait aussi de la suivre des yeux, au moment où elle sortait du bain : son costume tout imprégné d'eau de mer, adhérait à son corps et en dessinait nettement les formes et charmants contours. Au soleil, la flanelle blanche se colorait de teintes rosées, et, l'imagination aidant, on pouvait la prendre pour la chair et la voir palpiter.

Si, dans la journée, Lucien d'Aubier faisait, en compagnie de quelques amis, une excursion à la grande côte, il était certain de trouver mademoiselle Bérard assise aux *Roches plates*, devant le rocher du *Lion*, ou sur la petite colline, autrefois une poudrière, qui domine toute la baie, les dunes d'Escoublac, l'entrée de la Loire, Guérande, le Croisic et le bourg de Batz. Cette grande côte borde l'Océan pendant plusieurs lieues d'étendue et enthousiasme les touristes. Les rochers qui la couvrent sont du plus grandiose et du plus pittoresque effet. Ils revêtent des formes étranges : ici, entassés les uns sur les autres, là, isolés et gigantesques. C'est tantôt un immense bloc de granit que la vague impuissante, malgré ses terribles efforts, ne parvient pas à renverser; c'est, au contraire, une aiguille autour de laquelle le flot tourbillonne sans cesse, qu'il couvre de son écume blanchâtre et entame tous les jours de son éternelle morsure. La mer, irritée par les obstacles que ces roches lui offrent, les assiége constamment, les frappe avec violence, les couvre, les déborde et s'engouffre avec le fracas du tonnerre dans leurs profondes crevasses.

Mademoiselle Bérard, lorsqu'elle n'était pas sur la plage ou dans la mer, aimait à vivre au milieu de cette sauvage nature. Rien n'était plus curieux et plus émouvant à la fois que de la voir descendre dans de larges grottes où quelques gens du pays seulement osaient se hasarder, sauter d'un rocher à un autre et se laisser glisser le long d'une falaise abrupte. Pour ces sortes d'exercices, elle portait de grandes bottines de cuir jaune, sans talon. Aucun jupon n'embarrassait sa marche ; elle avait sur la tête une de ces toques dites chapeau de matelot et elle tenait à la main une canne de montagne à bout ferré. Lucien la trouvait charmante ainsi et ne pouvait détacher d'elle son regard. Souvent, ils revenaient ensemble, précédés ou suivis par les promeneurs qui les avaient accompagnés dans leur excursion. Ils parcouraient côte à côte, à travers champs, de petites routes étroites, où des accidents de terrain les faisaient, par instants, se toucher. Lucien se sentait alors tressaillir et s'éloignait instinctivement de sa compagne, pour la rejoindre une seconde après. Quant à Diane elle souriait en le regardant à la dérobée, et, silencieuse, continuait paisiblement sa marche.

La soirée les réunissait encore au bord de la mer ; le Pouliguen n'a pas de Casino, et, aux mois de juillet et d'août, la plage est, le soir, le seul lieu de rendez-vous. On s'assied en rond sur le sable, on s'adosse contre une cabine ou contre la palissade d'un chalet, et, tout en causant de choses et d'autres, de celle-ci et de celle-là, on se repose du bain et de la promenade, on regarde la mer monter ou descendre et on se prépare au sommeil. Parfois, le hasard les plaçait à côté l'un de l'autre dans la même excavation, appuyés contre la même cabine, et, à la nuit tombante, les longs cheveux de Diane, agités par la brise, venaient effleurer le visage de Lucien.

Ainsi, à chaque heure du jour elle se trouvait mêlée à sa vie. L'aimait-il? Ce n'était pas probable. Il aurait eu le courage de la fuir s'il avait cru l'aimer; car, en ce moment, sa raison était encore la plus forte. Mais sa vue, son souvenir lui causaient une émotion dont il aurait dû se méfier. Lorsqu'il songeait à elle, ce n'étaient pas ses qualités morales, son amabilité, son esprit qu'il évoquait, c'étaient ses traits, sa taille, tout ce qu'il pouvait voir ou deviner. Diane Bérard apparaissait rarement : *la Femme de Feu* s'offrait sans cesse. Le récit de Desvignes, le bain phosphorescent, lui revenaient à chaque instant à la pensée, et il souffrait sérieusement à l'idée que d'autres avaient contemplé des beautés qu'il ne verrait sans doute jamais. Si encore le voile qui la cachait à ses regards ne s'était jamais levé, peut-être aurait-il fini par se résigner ; mais, à deux reprises, un coin de ce voile se souleva, et ces demi-confidences aiguisèrent sa curiosité, enflammèrent d'une façon dangereuse son imagination déjà surexcitée.

Les jeunes filles que madame Desvignes aimait à réunir autour d'elle l'ayant maintes fois suppliée de les faire danser dans son chalet, le plus grand de la plage, elle se décida, enfin, à leur donner ce plaisir et lança ses invitations dans le Pouliguen. Il fut convenu que cette soirée, brusquement improvisée, serait tout intime. Les danseuses devaient y venir en robe blanche montante ; c'est à peine si l'on autorisait des fleurs dans les cheveux. Les jeunes gens étaient dispensés de revêtir l'habit noir et la cravate blanche ; quant aux grands parents, après avoir introduit leurs enfants dans la salle de bal, et les avoir confiés à madame Desvignes, on les invitait gracieusement, vu l'exiguïté du local, à aller faire tapisserie sur la terrasse qui domine la mer.

Ces prescriptions furent à peu près suivies. Un jeudi d'août, par une belle et chaude soirée, une cinquantaine de baigneurs et de baigneuses, venus de tous les coins du Pouliguen et de Painchâteau, prirent possession du chalet Desvignes. Mademoiselle Marie de Rioux, invitée une des premières à cette fête, avait manifesté un grand désir d'y assister, et son oncle, malgré sa rigidité de principes, n'avait pas cru devoir la priver de ce plai-

sir. Il l'avait confiée à madame d'Aubier qui s'était résignée à aller en soirée, pour complaire à sa belle-fille en expectative et surtout pour lui procurer l'occasion de se rencontrer avec Lucien.

Marie de Rioux s'était entièrement conformée aux lois somptuaires promulguées par madame Desvignes. Elle portait la classique robe blanche montante en tulle uni, sans broderies et sans festons.

Les seuls atours qu'elle se fût permis consistaient en un petit bouquet de fleurs des champs dans ses beaux cheveux noirs, et un large ruban écossais qui lui serrait la taille, formait un nœud par derrière et retombait le long de la jupe. Elle était adorable dans cette fraîche toilette, et Lucien, témoin de l'effet qu'elle produisit sur tous, ne pouvait se défendre de l'admirer et de lui sourire. Orné, malgré les prescriptions, de l'habit noir et de la cravate blanche officiels, et assis sur la terrasse, auprès de sa mère, car en sa qualité de magistrat, il ne croyait pas devoir se mêler aux groupes des danseurs, il se disait en regardant mademoiselle de Rioux, que c'était bien la femme qu'il lui fallait : auprès d'elle, sa vie s'écoulerait honorée, calme et douce, Marie deviendrait une adorable mère de famille, comme elle serait une épouse accomplie ; ses grâces naissantes, sa beauté à peine ébauchée, son charme encore à l'état d'esquisse, se dessineraient et s'accuseraient avant peu, et l'été, déjà prochain, tiendrait toutes les promesses de ce délicieux printemps.

Tout à coup, pendant un quadrille, une sorte d'émoi se produisit dans le salon, et les yeux se tournèrent vers la porte d'entrée. C'était mademoiselle Bérard qui s'avançait, au bras de Desvignes, et suivie de son père. Toutes les jeunes filles, après avoir jeté un rapide coup d'œil sur sa toilette, se mirent à chuchoter entre elles ; quelques-unes firent la moue, d'autres manifestèrent leur mécontentement par des paroles prononcées à demi-voix.

C'est que mademoiselle Bérard, après avoir promis de se conformer aux règlements, les avait enfreints : au lieu de revêtir la robe blanche d'uniforme, elle avait effrontément arboré une robe de tulle noir. Des branches de sorbier d'un rouge vif relevaient sa jupe, ornaient son corsage et ses cheveux. Un grand ruban, de même nuance que le sorbier, serrait sa taille. Enfin, détail incroyable, elle avait osé se décolleter.

Mais si les jeunes filles et les mères de famille criaient à la trahison, les jeunes gens et les hommes mariés ne paraissaient pas scandalisés. Dans les regards qu'ils jetaient sur la belle Diane, on lisait tout autre chose que des reproches. Ils semblaient lui savoir gré d'être venue donner du relief et du ton à cette soirée d'un coloris un peu mou, et Closel, se penchant vers un de ses voisins, lui dit à l'oreille : « Il manquait une reine à la fête : la voici ! »

En effet, Diane Bérard était bien la reine de toutes ces jeunes filles; aucune d'elles, parmi les plus charmantes, ne pouvait lui être comparée. Elle les dominait de toutes les façons : par sa taille élevée, ses manières aisées, sa toilette élégante, sa beauté souveraine. Comme l'étoile de mademoiselle de Rioux avait pâli devant les yeux de Lucien, ébloui depuis l'entrée de mademoiselle Bérard ! Comme la première lui paraissait, auprès de la seconde, une petite pensionnaire insignifiante ! Quelle distance les séparait ! L'une était un soleil, l'autre à peine un satellite.

Mais ce n'était pas la beauté de mademoiselle Bérard qui tenait Lucien sous le charme; depuis longtemps il lui rendait hommage. Ce qui le ravissait, en ce moment, ce qui donnait une nouvelle ardeur à l'espèce d'amour plastique qu'il avait voué à la *Femme de feu*, c'est qu'en se décolletant comme elle l'avait fait, au mépris des règlements, elle venait de lever un des coins du voile qui la dérobait aux regards de Lucien. Il ne se dissimulait pas que, malgré cette révélation nouvelle, il avait encore bien des mystères à approfondir, mais il s'approchait peu à peu de la vérité, et le domaine de ses connaissances s'élargissait.

. . . .
. . . .
. . . .

Tout entier à sa muette contemplation et aux dangereuses rêveries où s'égarait sa pensée, fidèle à son mutisme habituel lorsqu'il se trouvait en présence de mademoiselle Bérard, il n'aurait pas songé à s'approcher d'elle de la soirée et à lui peindre son admiration, si madame Desvignes n'était venue le chercher sur la terrasse, le prendre par la main et le conduire devant son idole.

— Ma chère Diane, dit-elle, seule de toutes mes danseuses, vous n'avez tenu aucun compte de mes ordonnances et vous avez arboré une toilette de bal ; souffrez que je vous donne pour cavalier le seul de mes invités qui, par sa cravate blanche et son habit noir, ait protesté, comme vous, contre mes lois somptuaires. C'est ainsi que je me venge.

Après ce petit discours, elle rejoignit, dans un coin où tout le monde l'oubliait,

la capitaine des douanes, et celle-ci lui dit aussitôt, en désignant des yeux Diane Bérard :

— Si j'avais su, chère madame, je me serais décolletée.

— A quel danger nous avons échappé ! pensa madame Desvignes.

Au moment où Lucien avait été mis en présence de mademoiselle Bérard, les préludes d'une valse se faisaient entendre. Diane se leva et s'adressant au substitut, debout devant elle :

— Puisque, par ordre, lui dit-elle, nous devons danser ensemble, exécutons-nous de bonne grâce. Si vous n'êtes pas un excellent valseur, comme j'ai tout lieu de le supposer, ne vous en inquiétez pas. Prenez-moi la taille, suivant l'usage, mais laissez-vous guider ; je réponds de vous et de moi. Ne mettez pas de résistance, voilà tout ce que je vous demande. Faites le mort.

Il obéit, et ils s'élancèrent, en tournoyant, dans le salon.

Pour pouvoir plus facilement diriger son danseur, Diane se serrait contre lui et tenait sa main avec force. Ces épaules, que tout à l'heure il contemplait de loin, avec ivresse, il les voyait maintenant tout près de lui, sous ses yeux ; sa joue les effleurait. Cette taille, tant de fois admirée, son bras la tenait pressée et la sentait onduler et se cambrer sous son étreinte.

. . . .

Il la reconduisit à sa place. Au moment où il allait la quitter, elle le regarda et lui dit : Comme vous êtes pâle !

— Il y a bien de quoi ! fit-il; et il ajouta brusquement, d'une voix étouffée : Je vous quitte. Adieu, je deviendrais fou.

Ces paroles ne parurent pas l'étonner; elle avait peut-être conscience de l'effet que produisait sa beauté; peut-être aussi, auprès de Lucien, éprouvait-elle des sensations semblables aux siennes. Elle le suivit d'un long regard noyé, et comme on venait l'inviter pour une valse, elle déclara qu'elle ne danserait plus de la soirée, et elle alla sur la terrasse rejoindre son père, qui, ayant trouvé deux auditeurs bénévoles, leur expliquait le système de son hélice.

Quant à Lucien, il se promenait sur la plage, décidé, de son côté, à ne plus valser avec mademoiselle Bérard. Il ne voulait pas s'exposer à de nouveaux dangers. Il se rappelait cette charmante scène du *Lys dans la vallée* où, dans un bal, un tout jeune homme, fasciné, magnétisé en quelque sorte par de jolies épaules, perd la tête et ne craint pas de coller ses lèvres sur l'objet de son admiration.

Plus âgé que le héros de cette aventure, il ne se trouvait pas, pour cela, moins exposé que lui à un mouvement irréfléchi, et il se demandait avec terreur ce qui serait advenu si, dans sa position, dans un salon où se trouvait sa mère, il s'était permis une pareille incartade. Hélas ! habitué par profession à sonder la conscience des autres, il était bien forcé de lire dans la sienne et il fallait s'avouer que, pendant les deux semaines déjà passées à la mer, sous l'empire d'excitations toujours renaissantes et de ravissements continus, ses idées de sagesse s'effaçaient peu à peu, et son imagination, tous les jours plus désordonnée, tenait en échec sa raison. Sans essayer de se disculper lorsqu'il analysait ces sensations nouvelles, il reconnaissait qu'elles étaient la conséquence de sa vie passée et qu'il portait la peine d'une jeunesse mal comprise, d'une retenue hors de saison. A vingt-cinq ans il subissait les influences subies d'ordinaire au sortir du collége et il vivait, à la fois, toutes les années qu'il n'avait pas vécues.

Il fit encore cependant, ce soir-là, quelques efforts afin de combattre la passion qui l'envahissait, et il essaya, suivant son habitude, de trouver auprès de mademoiselle de Rioux des forces pour lutter contre mademoiselle Bérard. Dans l'espérance que les grâces charmantes et reposées de la première diminueraient les violentes émotions causées par la seconde, il remonta le petit escalier qui conduit de la plage dans les chalets, traversa la terrasse, passa devant Diane sans détourner la tête et alla s'asseoir auprès de Marie. L'épreuve était honnête, mais elle était maladroite ; ce n'était pas en ce moment qu'il fallait la tenter. Dans les dispositions d'esprit où il se trouvait, mettre en présence mademoiselle Bérard et mademoiselle de Rioux, c'était vouloir nuire à la dernière ; elle ne pouvait lutter avec sa rivale, que par un charme délicat et à moitié voilé, des grâces ingénues et des vertus qui s'apprécient surtout dans l'intimité et ne ressortent pas dans un bal, où le succès appartient seulement aux qualités en relief.

Lucien regardait cependant sa compagne de tous ses yeux ; il essayait de se pénétrer de ses traits pour en garder le souvenir et s'en protéger ; mais c'était à son insu, malgré ses efforts, un autre visage, d'autres formes qui se gravaient dans sa mémoire. Lorsqu'il vit que ses peines étaient inutiles et qu'avec mademoiselle de Rioux il se trouvait encore et toujours avec mademoiselle Bérard, il préféra ne plus contraindre ses regards à s'isoler sur un même point. Libres, ils s'élancèrent dans le salon et sans hésitation se fixèrent sur la belle Diane. Elle causait avec M. de Séry qui paraissait encore plus ému auprès d'elle que ne l'avait été Lucien.

— Le malheureux est atteint comme moi, se dit d'Aubier ; il est sous le charme de cette fatale beauté. Ni son âge, ni sa faiblesse maladive, ni la froideur qu'on lui montre ne le protègent. Comment serais-je protégé, moi qui suis jeune, qui me sens des forces inouïes à dépenser, moi qu'elle recherche ?

Il ne se trompait pas : elle le recherchait. Si par suite de son existence première, il éprouvait encore les sensations d'un adolescent, en revanche, grâce à sa carrière, à la pratique d'affaires délicates, il raisonnait comme un homme fait, il se rendait compte de toutes choses et analysait chaque parole, chaque geste. Il ne pouvait se le dissimuler : il plaisait à mademoiselle Bérard ; c'était de toute évidence. Il lisait depuis plusieurs jours son succès dans les regards, les intonations de voix, l'attitude de la jolie baigneuse. A quoi le devait-il ? Quelles qualités l'avaient séduite ? Tout et rien.

Cette jeune fille altière, énergique, plus passionnée que tendre, bizarre, ardente, chercheuse d'inconnu, rude, un peu sauvage, sans illusion, en quête d'émotions, ignorante du péril ou prompte à le braver, n'admettant aucune impossibilité, courant au-devant des obstacles afin de les vaincre, à qui il avait manqué dans ses premières années les conseils et la sage direction d'une mère, dont aucune tendresse n'avait pu jusque-là briser, assouplir et attendrir le caractère, dont la nature luxuriante s'agitait impatiemment sous le poids de forces et de richesses inactives, devait se laisser séduire par les manières distinguées et réservées de Lucien, sa froideur apparente, ses avantages physiques incontestables, par ce qu'il y avait d'un peu efféminé en lui, par les résistances continuelles qu'il lui opposait, sa position, son talent d'orateur dont elle s'était rendu compte, le côté mystérieux de sa carrière, l'ardeur qu'elle lisait dans ses yeux et sa science à la dissimuler, enfin, par tout et par rien, dirons-nous, pour finir comme nous avons commencé.

Pendant que nous essayons d'expliquer cette chose qui ne s'explique pas : comment et pourquoi deux êtres se sont aimés, mademoiselle Bérard avait quitté M. de Séry, et causait avec Desvignes et Closel. Rien n'était moins propre à rendre à Lucien le calme et l'apaisement qu'il était venu chercher auprès de mademoiselle de Rioux et qu'il n'avait pu rencontrer jusque-là. La vue de ces deux messieurs, surtout lorsqu'ils se trouvaient avec mademoiselle Bérard, lui rappelait le bain mystérieux auquel ils avaient assisté et irritait sa passion outre mesure. Son désir d'être instruit comme eux devenait plus vif, et loin d'être satisfait des nouvelles connaissances acquises dans la soirée, il souffrait plus cruellement de son ignorance.

Il devait faire cependant un nouveau pas dans ses études plastiques, grâce à une excursion au village de Piriac et à une partie de pêche aux crevettes que madame Desvignes organisa pour le surlendemain, lorsque ses invités prirent congé d'elle et la complimentèrent sur la jolie fête qu'elle leur avait donnée.

On fut fidèle au rendez-vous. Une vingtaine de personnes environ se trouvèrent réunies vers neuf heures du matin, sur le quai, devant le chalet d'Esgrigny. En même temps arrivaient la calèche de Desvignes et les seules voitures découvertes qu'on avait pu trouver chez les loueurs du pays. On s'entassa tant bien que mal dans ces véhicules et le signal du départ fut donné.

En sortant du Pouliguen, on abandonne la route qui conduit au Croisic, et l'on se trouve bientôt au milieu d'un pays des plus curieux : sur une étendue de deux lieues environ, ni arbres, ni champs, ni verdure ; à peine quelques maisons, composant le village de Saillé, situé, comme une île, sur un renflement de granit. A droite et à gauche de la route, à perte de vue, des milliers de petits étangs, réfléchissant les rayons du soleil et encadrés dans un inextricable réseau de digues et de sentiers. Ce sont les marais salants. Dans cette contrée, la nature revêt une forme étrange : le sol reluit, l'eau scintille, la plaine est argentée, un parfum de violette embaume l'air.

Bientôt le pays change d'aspect, les marais salants disparaissent, on revoit de la verdure et on arrive devant Guérande, une des plus curieuses petites villes que nous ait léguées le moyen âge. Une lierre inextricable enserre de toutes parts ses hautes murailles admirablement conservées ; des grappes de chèvrefeuille et de clématite encadrent ses créneaux, et au-dessus de ses quatre portes massives, aux voûtes profondes, dans ses fossés encore inondés, se balancent des nénuphars et des glaïeuls. C'est un de ces superbes nids féodaux que le temps a marqué de son artistique empreinte et auquel trois siècles ont donné un merveilleux cachet.

En quittant Guérande, le paysage devient plus étendu, de magnifiques horizons se découvrent. On aperçoit tout à coup la presqu'île sur laquelle sont construits le Pouliguen, le Bourg-de-Batz et le Croisic; on domine le canal du Traict, sillonné d'embarcations, la chaussée de Pembron, la chaussée du Tréhic. Au loin se dessinent les îles Dumet, Hadic et Houat, qu'entourent les flottilles des pêcheurs de sardines, et enfin le phare du Four, la côte du Morbihan et l'Océan sans bornes.

Après avoir joui pendant une lieue de ce panorama, les trois voitures traversèrent, sans s'y arrêter, la Turbale, port de pêcheurs d'une assez grande importance, et arrivèrent vers les onze heures à Piriac. On descendit de voiture, on ouvrit les coffres qui contenaient des paniers de provisions, et l'on se dirigea joyeusement vers la pointe de Castelli, un des sites les plus sauvages de cette contrée. Il s'agissait maintenant de dresser le couvert devant une de ces grottes qui portent des noms étranges : *le Trou du Moine fou, la Grotte à Madame, la Couette, les Oreillers.* On se décida pour *le Tombeau d'Almanzor*, et après s'être creusé des sièges dans le sable, s'être fait des nappes avec des journaux, on se précipita sur les viandes froides et le pâté de rigueur dans toute agape champêtre ; on essayait ainsi de s'étourdir et d'oublier que le tombeau d'Almanzor est un ancien autel druidique sur lequel les prêtres de Teutatès faisaient des sacrifices humains.

Le dieu des Gaulois et des Germains ne parut pas s'émouvoir du peu de respect qu'on lui témoignait et, le déjeuner s'étant achevé sans encombre, on dut songer à la pêche aux crevettes, but principal de cette partie de plaisir. Le moment était propice et avait été parfaitement choisi : la mer descendait depuis trois heures et laissait à découvert une grande étendue de sable et de rochers ; elle avait, en même temps, trois heures encore à descendre, ce qui permettait de s'aventurer au loin sans être surpris par le flot. Les uns s'armèrent de filets, appelés *havenaux*, montés sur des manches en bois qu'on pousse devant soi, d'autres prirent des *lances*, morceaux de fer d'un mètre de long, pour le cas où l'on rencontrerait des crabes ou des homards. Les plus timides ou les plus paresseux se contentèrent de porter les paniers destinés à recevoir la pêche ; quelques-uns même, et Lucien fut du nombre, se réservèrent de ne rien porter du tout.

Bientôt la tête de la bande fit entendre des cris joyeux : la crevette très nombreuse et et très grosse dans ces parages, commençait à donner ; le crabe endormi dans une flaque d'eau se réveillait à l'approche des pêcheurs et cerné de toutes parts essayait inutilement de regagner la mer : tout annonçait une pêche superbe.

« Bah ! pourquoi se mouiller les pieds, » se disaient Lucien et Desvignes, qui formaient toujours l'arrière-garde. Mais il leur fallut enfin s'avancer, et lorsqu'ils se virent reprocher de toutes parts leur coupable inertie, ils durent s'armer du havenau de rigueur ; mademoiselle Bérard, qui se faisait remarquer par son zèle, avait pris à partie Lucien : « Quoi ! lui disait-elle, on vous aurait voituré du Pouliguen à Piriac et nourri d'une façon splendide pour que vous nous regardiez travailler ! Votre conduite est indélicate : vous avez occupé, dans la calèche de madame Desvignes et à la table du festin, la place d'un véritable pêcheur ; si vous ne vouliez pas payer de votre personne, il fallait rester chez vous et faire de là tapisserie avec mademoiselle de Rioux. Allons, qui m'aime me suive ! »

Elle était charmante en parlant ainsi : son regard un peu animé par le champagne du déjeuner et le plaisir de la pêche brillait d'un vif éclat. Ses joues étaient colorées plus que de coutume et à travers ses lèvres rougies par le grand air, entr'ouvertes et souriantes, on apercevait des dents éblouissantes de blancheur.

Il n'en fallait pas tant pour vaincre la nonchalance affectée de Lucien et les résistances qu'il avait encore cru devoir s'imposer : il saisit son havenau d'une main ferme, comme l'aurait fait un pêcheur de profession, et s'élança sur les traces de la Femme de Feu.

Le pauvre M. de Séry essayait de les rejoindre et parvenait seulement à s'enfoncer dans le sable et à trébucher dans les roches. Ils s'étaient dirigés vers la pointe de Penhareng. Diane fouillait les rochers avec sa lance, essayait d'en chasser les habitants de la mer qui s'y étaient réfugiés, et Lucien tenait son filet de manière à recevoir les fuyards. Il mettait même dans ces utiles fonctions une ardeur digne d'éloges, soit qu'il eût pris goût à la pêche, soit que l'enthousiasme de sa compagne fût parvenu à vaincre sa froideur. A quelques pas d'eux, un petit garçon du pays portait un panier où grouillaient pêle-mêle, des crabes, un homard en bas âge, des crevettes superbes et de la salicoque en quantité. Assis sur un rocher et occupé à couvrir de varech le panier pour y retenir les hôtes confiés à sa garde, il jetait de temps en temps un regard narquois sur les pêcheurs fantaisistes qui l'entouraient, car le reste de la bande s'était peu à peu approché. Enfin, il n'y tint plus et s'adressant à ses voisins :

— Vous perdez votre temps, ici, dit-il ; il y a de la belle crevette là-bas sous les roches.

— Tu es malin, toi, mon petit ! réplique la gracieuse *capitaine* des douanes. Pour atteindre les rochers, il faut se mettre dans l'eau jusqu'aux genoux.

— Eh bien ! fit observer madame Desvignes en s'avançant, ne sommes-nous pas ici pour nous mouiller ?

— Sans doute, firent plusieurs voix.

— Le plaisir est de s'éclabousser, dit une jeune fille.

— Moi, dit une autre, j'ai déjà fait le sacrifice de mes bottines.

— C'est que, mesdames, reprit la *capitaine* des douanes, il ne s'agit pas de nos bottines, mais de nos robes. Il y a au moins un pied d'eau dans ce trou.

— Il y en a peut-être ben deux ! fit le gamin.

— C'est encourageant ; nous serons trempées pour le reste de la journée.

— Nous avons un moyen très simple de ne pas nous mouiller, dit madame Desvignes, ôtons nos bottines et nos bas, comme si nous allions prendre notre bain de tous les jours.

— C'est juste, très juste.

— Oui, mais nos robes ?

— Relevons-les, ce n'est pas plus difficile que cela.

— Oh ! mais alors..., dit la *capitaine* des douanes.

— Alors, quoi ?

— On verra nos... jambes.

— Le grand dommage ! s'écria madame Desvignes. Est-ce que nous sommes venues à Piriac pour faire des façons ? Montrer ses épaules dans un bal ou ses jambes à la pêche, c'est à peu près la même chose et, du reste, honni soit qui mal y pense ! Voyons, je donne l'exemple.

— Et nous le suivons, répliquèrent plusieurs jeunes femmes.

— Moi, mesdames, dit la *capitaine* des douanes d'un air pincé, je ne crois pas devoir vous imiter ; mon mari trouverait à redire, je vous attendrai.

— A votre aise, chère madame, répliqua madame Desvignes, qui déjà, réfugiée dans une grotte avec la plupart de ses compagnes et à l'abri des regards masculins, faisait une toilette de circonstance.

— La *capitaine* doit posséder quelque infirmité cachée, dit Closel à Desvignes.

— Je m'en suis toujours douté.

— Pourquoi avez-vous invité cette insupportable créature ?

— Nous ne l'avons pas invitée, elle s'est imposée.

— Si on la noyait.

— J'y songeais, dit Desvignes d'un air rêveur.

— Eh bien ! Diane, cria tout à coup madame Desvignes, en rejoignant son mari, vous ne nous imitez pas ?

— En quoi ? demanda mademoiselle Bérard, qui, acharnée à la poursuite d'un crabe récalcitrant, n'était pas au courant de la situation.

— Voyez, répondit madame Desvignes en montrant sa toilette nouvelle.

— L'idée est excellente ! s'écria Diane, et dans un instant, je serai faite à votre image.

— Parbleu ! murmura la *capitaine* des douanes , du moment qu'il s'agit d'une nouvelle exhibition de sa personne, j'étais sûre qu'elle n'hésiterait pas.

Lucien, fidèle à ses devoirs, continuait à poursuivre le crabe abandonné par mademoiselle Bérard. Lorsqu'il l'eût vaincu après une chaude lutte, et enfermé dans le panier d'osier, il chercha des yeux sa collaboratrice de pêche. Elle sortait, en ce moment, de la grotte devenue le cabinet de toilette de toutes ces dames, et elle s'avançait sur le sable, légère et souriante, la jupe artistement relevée, les pieds nus, la jambe découverte. Il ne s'attendait pas à cette vue et il en fut ébloui.

La résolution prise par madame Desvignes et adoptée par ses compagnes avait tout à coup animé la plage d'une façon pittoresque. Ces jolis pieds blancs, ces jambes délicates ou replètes qui couraient de ci de là, saupoudrées d'un sable fin dont les paillettes argentées brillaient au soleil, produisaient un charmant effet.

Un artiste, un peintre, pris d'amour pour ce spectacle, se fût étendu sur la plage afin de saisir toutes les lignes et d'admirer tous les contours. Mais peu importait à Lucien l'ensemble du tableau ! Il n'en voyait qu'un coin, un seul. Il n'existait pour lui qu'un point lumineux; tout le reste se noyait dans l'ombre. Et ce n'était même plus mademoiselle Bérard qu'il admirait. Il ne s'inquiétait ni de sa jolie taille, ni de son buste élégant, ni de sa tête expressive. Il n'avait d'yeux que pour la nouvelle découverte qu'il venait de faire.

Il analysait avec amour ce pied admirablement dessiné, un peu bruni par des bains de mer trop prolongés, ces petits ongles roses taillés avec soin, ce coude-pied cambré, ce talon ferme et arrondi, cette cheville bien détachée. Puis son regard se portait plus haut et il s'extasiait sur la finesse et en même temps la force des attaches, sur l'élégance du mollet qui allait s'arrondissant peu à peu, prenait à la place voulue un voluptueux embonpoint et savait rester nerveux et souple. Pendant qu'il se livrait à cette étude, un rayon de soleil, se jouant sur cette jambe exquise, faisait ressortir le roussâtre duvet dont elle était couverte et mettait en lumière un délicieux signe placé à la naissance du jarret.

Les baigneurs du Pouliguen eurent lieu de se féliciter d'avoir suivi les conseils du petit pêcheur : dans la flaque d'eau désignée par lui, on s'approvisionna de superbes crevettes, inconnues sur toute autre plage. La pêche fut tellement heureuse qu'on s'y oublia au point d'être surpris par la marée montante. La *capitaine* des douanes, chargée de veiller sur les bottines, les bas et les jarretières abandonnés dans la grotte, s'étant éloignée de son poste et aventurée sur la plage, fut tout à coup rejointe par le flot et trempée jusqu'à la ceinture. Desvignes et Closel, témoins de ce désastre, après en avoir ri aux larmes, allèrent apporter gravement des consolations à la naufragée et lui conseiller de se dépouiller de ses vêtements pour les faire sécher sur le sable. Elle refusa net et se drapa de nouveau dans sa dignité. Comme celle-ci cependant ne la réchauffait pas, on eut la charité de hâter le départ.

Après avoir joui pendant tout le retour d'un magnifique coucher de soleil, la bande joyeuse rentra vers les huit heures au Pouliguen, fatiguée, mais charmée de son excursion.

Ainsi, peu à peu, la curiosité de Lucien était satisfaite, le cercle de ses connaissances allait s'élargissant et il faisait un pas nouveau dans le domaine de la science.

. . . .

. . . .

Cet ardent désir de se perfectionner et d'égaler en science les plus instruits finit par passer à l'état de maladie. Il se demandait sans cesse si le hasard ne le favoriserait pas à son tour, comme il avait favorisé ses rivaux. Nerveux, inquiet, agité, il lui arrivait de se promener, le soir, dans les rochers témoins du bain mystérieux. Mais la Femme de Feu ne se baignait plus une fois le soleil couché, et, du reste, la mer est rarement phosphorescente dans ces parages.

Lucien se désespérait et son idée fixe l'acheminait doucement vers la folie, lorsqu'il fut sauvé grâce à une soudaine inspiration, suivie d'une tentative des plus coupables, mais excusable peut-être si l'on veut bien songer au degré d'exaspération maladive auquel il était arrivé.

Un matin, il entendit sur la plage la voix aigre et irritée de la *capitaine* des douanes.

— C'est une infamie, disait-elle, je vais aller me plaindre au maire et au garde champêtre. Je poursuivrai l'affaire devant les tribunaux s'il le faut.

— Qu'y a-t-il donc, madame ? demanda Closel qui rôdait par là, comme par hasard, et qui s'approcha suivi de plusieurs personnes.

— Il y a, monsieur, qu'on a essayé de s'introduire par effraction dans ma cabine de bains.

— Ah! mon Dieu ! fit-il avec un superbe sang-froid. Et quel moment a-t-on choisi, madame, pour commettre cet attentat ?

— Le moment, monsieur, le moment où, le moment que... enfin... je sortais du bain et j'allais m'habiller.

— Très bien, dit Closel toujours imperturbable, vous veniez de laisser tomber votre costume mouillé. C'était le bon moment !

— Comment, monsieur, le bon moment ! fit-elle furieuse.

— Comme l'heure de minuit, madame, est le bon moment pour les filous. Tout est relatif. Ce qui est un mauvais moment pour la victime est un bon moment pour le coupable. Vous l'avez arrêté, je pense ?

— Je ne le connais pas.

— Serait-il étranger à ce pays ?

— Je n'en sais rien.

— Cependant si vous ne l'avez pas reconnu, c'est qu'il est étranger ?

— Je ne pouvais pas le reconnaître.

— Etait-il masqué ?

— Mais non, monsieur. Vous le faites donc exprès ? Je vous dis que je ne l'ai pas vu.

— Il s'est introduit dans votre cabine et vous ne l'avez pas vu ? C'est inadmissible. J'en prends à témoin les personnes qui nous entourent.

— Vous m'avez mal comprise, fit-elle troublée par l'espèce d'interrogatoire que Closel s'amusait à lui faire subir; ce n'est pas lui qui s'est introduit, c'est son regard... que j'ai senti planer sur moi.

— Tel l'œil du vautour plane sur la colombe, dit une voix dans la foule.

C'était Desvignes qui venait prendre sa part du divertissement.

Closel continua avec un sérieux tout prud'hommesque :

— Ce que vous me dites là, madame, est grave, très grave. Secrétaire de M. le préfet de la Loire-Inférieure, j'ai, en l'absence de mon chef, un devoir à remplir : celui de veiller sur la sûreté et le bien-être du pays dont l'administration nous est confiée. Veuillez formuler vos accusations et j'aviserai, devrais-je en conférer avec M. le substitut du procureur impérial, ajouta-t-il en se tournant vers Lucien, qui, ne voulant pas se compromettre, se contenta de sourire.

— Mon Dieu ! monsieur, j'ai formulé, dit la *capitaine* des douanes, de plus en plus troublée par les proportions que semblait prendre l'affaire.

— Formulons davantage, madame, formulons. Un regard planait sur vous. Quel était ce regard ? Que faisait ce regard ? D'où venait ce regard ?

— Il venait de la cabine d'à côté. On avait....

— Arrêtez, madame, je comprends. Votre pudeur ne doit pas souffrir davantage. Je me charge de cette affaire. Je verrai le garde champêtre dans un instant, j'en aviserai le préfet et, s'il le faut, S. Exc. M. le ministre de l'intérieur. Adieu, madame.

Il s'inclina respectueusement, prit le bras de Desvignes et s'éloigna, tandis que la femme du capitaine des douanes se demandait avec anxiété si le bruit qui allait se faire autour d'elle ne compromettrait pas son mari.

— Je devrais peut-être arrêter l'affaire, se disait-elle; le zèle de ce jeune secrétaire l'entraînera trop loin.

Cette aventure défraya pendant deux jours les conversations des baigneurs et des baigneuses du Pouliguen. On rit à cœur-joie de la *capitaine*, qui n'était sympathique à personne.

Bientôt on ne songea plus à cette plaisanterie, Lucien seul y pensait de temps à autre.

. . . .
. . . .

Quelques jours après, son congé étant expiré, Lucien d'Aubier reprit la route de Nantes, en compagnie de sa mère et de mademoiselle de Rioux, qui rentraient aussi en ville.

Lucien d'Aubier put constater bientôt à ses dépens, qu'il est aussi dangereux de jouer avec son imagination et ses sens, qu'avec son cœur, et que l'amour de tête ne le cède pas en violence à l'autre amour. Il se croyait fort parce qu'il pensait ne pas aimer dans le sens ordinaire du mot: s'il éprouvait auprès de mademoiselle Bérard de violentes émotions, elle ne lui inspirait aucun de ces sentiments doux et tendres, inhérents, dit-on, à l'amour véritable. Il l'admirait, il ne la chérissait pas. Elle agissait bien plus sur ses nerfs que sur son cœur.

Tout fier de cette découverte, certain de triompher, à un moment donné, de ce qu'il appelait un caprice ou de la curiosité, il s'était peu à peu laissé entraîner à des écarts regrettables, à des désordres dangereux. Il s'était payé de mots, il allait en connaître la portée. Caprice, soit ! Mais un caprice non satisfait peut devenir une passion. Curiosité, soit ! Mais cette curiosité était trop malsaine pour ne pas entraîner après elle quelque perturbation morale. Ne portait-il pas déjà la peine de son indiscrétion ?

Ses souvenirs le poursuivaient sans cesse, et le travail dans lequel il s'était jeté avec ardeur, dès son retour à Nantes, ne lui était plus d'aucun secours. Dans son cabinet, dans la rue, au Palais, la Femme de Feu se dressait tout à coup devant lui, non pas comme il l'avait vue pendant un mois, en toilette de ville, en robe de bal, en costume de bain, mais comme il l'avait aperçue, une seule fois, la dernière.

Et cependant sa raison luttait toujours. Il souffrait comme un enfant, il raisonnait comme un homme. Ce n'est jamais en vain qu'on a été pieusement élevé, qu'une famille honorable vous a montré le droit chemin, qu'une mère vigilante a surveillé vos premiers pas et vous a bercé de ses conseils. Certaines fonctions grandissent aussi ceux qui les remplissent et les mettent à l'abri de toute déchéance morale. Il se disait : « On ne fait pas sa femme, on n'appelle pas à devenir la mère de ses enfants celle qui, au lieu de vous inspirer de doux sentiments, ne vous cause qu'irritation, malaise et souffrance. Le mariage doit réunir deux cœurs ; il est malséant de le faire servir à légitimer deux fantaisies. Un homme sensé doit épouser une amie, une compagne et non pas une maîtresse qui ne lui laissera ni liberté d'esprit, ni liberté d'action. »

Aussi, quoique mademoiselle Bérard fût revenue en ville, évitait-il de la voir. Il fuyait les maisons où il aurait pu la rencontrer ; il s'enfermait de peur que le hasard ne le mît en sa présence. Peine inutile. Diane qui n'avait aucune raison pour l'éviter et qui souffrait peut-être de son silence, l'obligea bientôt à le rompre. Un jour, elle lui fit écrire par son père, pour rappeler que la cour d'assises allait se tenir à Nantes et demander les cartes promises autrefois, et qui devaient leur permettre d'assister aux débats de la session nouvelle.

Il ne crut pas devoir refuser, et comme il venait d'être désigné pour prendre la parole dans la plupart des affaires, il s'exposa de cette façon à se retrouver sans cesse avec celle qu'il voulait fuir. Jamais, du reste, il ne fut plus éloquent que durant ces assises : la présence de mademoiselle Bérard, au lieu de le distraire et de l'embarrasser, le stimula et lui rendit une énergie, une netteté de vues, une facilité de parole qu'il avait perdues depuis son voyage. Il gagna toutes ses causes, c'est-à-dire que remplissant les fonctions de ministère public, mandataire de la loi, il fit condamner par les jurés tous les accusés contre lesquels il eut à conclure. Un seul fut acquitté, parce qu'il le défendit au lieu de le charger. Voici ce qui se passa :

Il s'agissait d'un vol commis aux dépens d'une femme et accompagné de violence et de coups. L'affaire paraissait devoir être, comme les précédentes (des faux ou des abus de confiance), de celles auxquelles tout le monde peut assister ; il ne serait jamais venu à l'idée du président d'inviter les femmes honnêtes à se retirer. Mais les débats prirent bientôt une tournure inattendue : l'accusé, un homme de vingt-cinq ans, garçon de ferme à Savenay, très abattu depuis son arrestation, et qui, devant le juge instructeur, avait refusé de répondre, se leva tout à coup en s'écriant qu'il était victime d'une calomnie et d'une vengeance.

Il soutint énergiquement n'avoir jamais songé à voler celle qui l'accusait. Il l'aimait passionnément et voulait l'épouser ; elle refusait et cependant, par coquetterie, elle ne cessait d'irriter son amour et de le pousser jusqu'au délire. Un jour, la tête perdue, il avait essayé de lui faire violence, et elle s'était vengée en l'accusant de vol.

Le ministère public, en la personne de Lucien d'Aubier, fit observer que ce récit tardif était invraisemblable, maintint l'accusation telle qu'elle avait été formulée et demanda une répression sévère. L'avocat de l'accusé, un jeune stagiaire, orateur de clubs, plus fort en politique qu'en droit, plaida maladroitement sa cause et négligea de tirer parti de l'incident d'audience qui s'était présenté. Il venait de s'asseoir, et le président s'apprêtait à résumer les débats, lorsque Lucien annonça son intention de répliquer au défenseur. Les juges, les avocats, les jurés, les témoins se regardèrent avec étonnement. Répliquer à quoi, mon Dieu ? A une si détestable plaidoirie. C'était en vérité trop de zèle et presque de l'acharnement contre l'accusé. Il ne suffisait donc pas au malheureux d'avoir été si mal défendu, il fallait encore qu'on le chargeât de nouveau ? Lucien prit cependant la parole et fit une de ces improvisations splendides dont, à Nantes, on garde encore le souvenir. Tout en paraissant, très habilement, ne pas abandonner l'accusation et continuer à remplir son ministère, il développa, en faveur du prévenu, tous les points que l'avocat avait négligé de faire valoir et il plaida la cause du malheureux homme avec une passion, une chaleur extraordinaires. « Je sais bien, s'écria-t-il, ce que le défenseur aurait pu me répondre. Cet homme, aurait-il dit, d'une conduite irréprochable jusqu'à ce jour, ne peut avoir volé. On ne devient pas tout à coup voleur à vingt-cinq ans, après avoir passé sept ans sous les drapeaux et avoir obtenu la médaille militaire. L'instruction s'est trompée, mais nous sommes réunis dans cette enceinte pour rechercher la vérité, et nous ne saurions nous séparer sans l'avoir trouvée. L'accusé n'est pas coupable, ne peut être coupable du crime que, par suite de manœuvres faciles à comprendre, on ose lui imputer. Vous n'avez à lui reprocher qu'un moment d'égarement, un moment de folie et d'ivresse. Oui, d'ivresse, croyez-vous donc que le vin seul donne l'ivresse? Ah! elle est bien plus terrible lorsqu'elle est causée par une passion longtemps contenue, qui peu à peu s'est emparée de vos esprits, a irrité vos nerfs, a vaincu vos forces, dompté votre raison, dominé votre conscience, a perdu votre tête, a fait de vous un esclave, une brute, un fou! Je le vois ce malheureux que, ni l'éducation, ni la famille, ni la religion ne sauvegardent, je le vois aux prises avec cette femme que son accusation vous a déjà permis de juger et de flétrir; car, l'aurait-il volée, elle devait se taire puisqu'il l'aimait; je le vois la suppliant de lui donner sa main, se jetant à ses genoux et, dans son langage vulgaire, mais qui n'en est pas moins touchant, lui disant : Je t'aime et je souffre!... Elle le repousse. Il s'éloigne et va pleurer dans un coin, comme un pauvre chien qu'on a poussé du pied... Mais l'image de cette femme est tellement gravée dans son esprit, qu'elle le domine, qu'elle l'étreint, qu'il ne peut la chasser. Il la voit toujours, il la voit sans cesse.

« Alors, il revient auprès d'elle, et lui redit ce qu'il a déjà dit cent fois. Si elle le repousse encore, il parle de se tuer. Elle fait plus que de le repousser, elle se moque... Alors un nuage lui passe devant les yeux et il la prend dans ses bras... Votre verdict doit-il envoyer au bagne cet homme ivre de passion, ce fou d'amour? Non. Vous ne commettrez pas une telle injustice.

» C'est ainsi, messieurs, que peut-être aurait dû parler le défenseur. Nous, ministère public, nous avons parlé autrement, et nous croyons devoir maintenir nos conclusions. Mais vous êtes souverains, messieurs les jurés, et vous avez le droit d'oublier notre réquisitoire, pour ne vous souvenir que de la défense. »

L'accusé fut acquitté.

Lorsque l'audience fut levée, on entoura de toutes parts le jeune substitut. Le président le félicita de s'être chargé d'office d'une cause pour ainsi dire abandonnée. Les jurés le remercièrent de les avoir éclairés et plusieurs avocats vinrent lui serrer la main avec chaleur et lui dire qu'il était leur maître à tous dans l'art d'émouvoir un jury. « Ah! s'écriait un vieux bâtonnier, comme vous avez tort, monsieur le substitut, de ne pas donner votre démission pour vous faire inscrire à notre tableau! Comme nous préférerions vous avoir pour collègue que pour adversaire et quelle grande réputation vous acquerriez en peu de temps!»

— Messieurs, répondait modestement Lucien, je vous remercie mille fois de toutes vos amabilités. Mais vous vous trompez sur mon compte; je suis fait pour convaincre et non pour émouvoir. Les fonctions que j'occupe sont parfaitement appropriées à mon genre de talent, qui est froid et réfléchi. Si je viens d'avoir, comme vous voulez bien le dire, un moment d'éloquence passionnée, c'est, croyez-le, par accident; je ne saurais pas recommencer.

Comme il s'était retiré dans son cabinet, l'huissier lui remit une carte et lui dit qu'on demandait à le voir. Il jeta les yeux sur la carte, pâlit et donna l'ordre de faire entrer.

C'étaient mademoiselle Bérard et son père, qui ne voulaient pas quitter le palais sans le remercier du billet qu'il leur avait envoyé, et dont ils avaient largement profité depuis quinze jours.

— Savez-vous, monsieur, dit Diane, que je n'ai manqué aucune des affaires où vous avez pris la parole?

— Je vous plains, mademoiselle, répliqua froidement Lucien.

— Et moi, je ne me plains pas. J'ai eu grand plaisir à vous entendre; vous avez un immense talent. Mais, faut-il vous l'avouer, après le succès que vous venez d'obtenir, je vous préfère dans le rôle d'accusateur plutôt que dans celui de défenseur.

— Vous ne m'avez pas trouvé éloquent comme avocat? demanda-t-il.

— Très éloquent, au contraire. Mais je suis une originale, vous le savez. J'admire surtout chez un orateur, le calme, le sang-froid, la phrase nette, incisive, allant droit au but, le raisonnement clair, la déduction facile, la logique, la vérité sans détours et sans phrases. Voilà ce qui m'émeut, et personne mieux que vous ne possède ce genre de talent. Quant à l'autre, celui qui essaye de passionner, d'attendrir et de faire couler les larmes, je l'avoue, il me laisse insensible.

— En un mot, mademoiselle, vous pré-férez la foideur à la passion.

— Peut-être, fit-elle en le regardant.

Il osa, lui aussi, la regarder, et dit :

— Il est des moments où l'on ne peut être froid : le sang monte à la tête, le cœur bat plus vite et l'on oublie sa réserve habituelle.

— Evidemment! répliqua-t-elle avec vivacité. Alors on devient passionné comme vous l'avez été tout à l'heure et on le paraît d'autant plus que ce n'est pas une affaire d'habitude. Dans ce cas, c'est parfait. Pardonnez-moi ma profession de foi et croyez-moi votre obligée.

Elle salua pour prendre congé et voulut entraîner son père. Mais M. Bérard, qui n'avait pas encore trouvé l'occasion de placer un mot, crut devoir remercier à son tour et dire à Lucien qu'il recevait souvent, le soir, quelques amis, et qu'il serait heureux de le voir se joindre à eux.

— Je vous remercie, monsieur, dit simplement Lucien, en s'inclinant.

Lorsqu'il fut seul, tout son calme l'abandonna.

— Ah! murmurait-il, en se promenant à grands pas dans son cabinet, qu'est-elle venue faire ici ? Pourquoi a-t-elle ravivé des souvenirs que je fais tant d'efforts pour étouffer ? Aurai-je longtemps encore la force de les vaincre ? Ne commettrai-je pas, à la fin, quelque insigne folie?

Il ne profita pas cependant de l'invitation de M. Bérard. Ne fallait-il pas faire une concession à sa raison qui, parfois, élevait encore la voix? Mais, à partir de ce moment, il n'eut plus le courage de fuir celle qu'il aimait.

A quoi bon, puisqu'elle venait à lui lorsqu'il n'allait pas à elle? Aussi la rencontrait-il, en revenant du Palais, sur le boulevard Delorme où il demeurait avec sa mère, sur le Cours, sur le quai de la Fosse, au Jardin des Plantes, sur la place Graslin, au passage Pommeraye, qui sont pour les Nantais autant de lieux de promenade et de réunion et correspondent à peu près à nos boulevards. Il la trouvait dans toutes les soirées officielles : chez le préfet, le général commandant la division, le président du tribunal, et à quelques soirées intimes où des relations contractées au Pouliguen l'obligèrent à se rendre, chez madame Desvignes entre autres. Après chacune de ces rencontres, il se sentait moins fort, il se sentait perdu.

Cependant, il ne s'étaient encore fait aucun aveu. Il était réservé aux salons du préfet d'entendre leurs premières confidences.

Elles furent imprévues, bizarres, brutales comme leur passion. Ils venaient de valser, et Lucien, après avoir reconduit mademoiselle Bérard à sa place, dans un petit salon abandonné pour le moment, s'était contenté de la saluer et s'éloignait déjà, lorsque, tout à coup, il se retourna vivement, courut plutôt qu'il ne marcha vers elle, et, lui prenant les mains :

— Je vous aime, s'écria-t-il.

Elle se leva et laissant ses mains dans celles de Lucien, le regardant bien en face et d'une voix vibrante :

— Je vous aime autant que vous m'aimez, lui dit-elle.

Des importuns entrèrent dans le salon ; ils s'éloignèrent l'un de l'autre et ne se parlèrent plus de la nuit.

Elle avait dit vrai : elle l'aimait. Et cet amour était même plus épuré, plus élevé que celui de Lucien. En effet, si elle était loin de dédaigner les qualités physiques du jeune substitut, ses traits réguliers et beaux, sa taille bien prise, sa distinction native, elle avait été séduite surtout, nous l'avons dit, par la position qu'il occupait, son mérite incontestable, son talent d'orateur, et, par-dessus tout, sa retenue, son calme, sa froideur apparente.

Pour d'Aubier, le point de départ de son amour avait été la beauté de Diane, son caractère en dehors, sa bizarrerie, sa sauvagerie. Il avait plu, au contraire, parce qu'il ne se livrait que rarement, qu'il était souvent indéchiffrable, qu'il excitait la curiosité, qu'il était maître de lui, qu'il restait toujours homme du monde. Et voilà pourquoi l'amour de mademoiselle Bérard allait être plus sérieux, plus fortement trempé, plus vigoureux, plus vivace et plus exalté que celui de Lucien : les qualités qu'elle appréciait en lui, il ne pouvait les perdre, elles étaient inhérentes à sa nature. Même dans les emportements de la passion, il ne saurait se départir de la réserve qui lui était propre. Il devait toujours rester, sous certains rapports, mystérieux et voilé ; et, occupée sans cesse à le déchiffrer et à le pénétrer, elle ne verrait jamais son amour décroître.

Quant à Diane, elle ne devait pas tarder à dire son dernier mot : elle s'abandonnerait entièrement le jour où elle se donnerait, on n'aurait plus rien à apprendre d'elle, et la passion de Lucien s'épuiserait faute d'aliments nouveaux. L'amour peut naître d'un autre sentiment que la curiosité, mais c'est le plus souvent la curiosité qui l'entretient.

Nous sommes allés plus vite que nous ne le voulions; nous avons essayé de lire dans l'avenir amoureux de Lucien d'Aubier et de Diane Bérard, sans savoir si leurs amours sont destinées à avoir un avenir. Qu'allait-il résulter de leurs mutuels aveux? Quel parti Lucien allait-il enfin prendre?

Peut-être serait-il resté longtemps encore inactif, combattu par la passion qui lui criait : « Epouse-la, tu n'as que ce moyen de reconquérir le calme », et par la sagesse qui ne cessait de lui répéter : « le bonheur n'est pas dans ce mariage, elle n'est pas la femme qui te convient. »

C'est à madame d'Aubier que devait échoir la tâche de l'arracher à ses irrésolutions.

Elle n'avait reçu aucune des confidences de son fils ; elle ignorait ce qui se passait dans ce cœur, indocile aux épanchements, impénétrable même à la sollicitude maternelle. Aussi crut-elle, un jour, pouvoir faire la chose la plus naturelle du monde, la plus sensée, en priant Lucien de s'expliquer sur ses projets à l'égard de mademoiselle de Rioux, en allant même jusqu'à lui dire qu'elle avait sondé le terrain, que sa demande serait agréée et qu'il dépendait de lui seul d'obtenir la main de cette jeune fille.

Il répondit nettement à sa mère qu'elle devait renoncer à ses projets et qu'il n'épouserait pas la nièce du premier président. Madame d'Aubier voulut connaître les motifs d'une résolution si arrêtée, d'une révolte si soudaine et que rien ne lui faisait prévoir, et alors, pressé, poussé à bout, heureux peut-être de voir forcer son cœur qu'il ne savait pas ouvrir, d'être violemment entraîné dans la voie des aveux et des résolutions, il dit son amour pour Diane.

A peine se fut-il expliqué, à peine madame d'Aubier crut-elle comprendre, qu'elle l'arrêta et déclara avec une grande fermeté que jamais elle ne consentirait à le voir épouser mademoiselle Bérard. Comme, à son tour, il demandait les motifs d'un refus aussi énergique, elle lui donna pour le faire renoncer à ses projets, les raisons qu'il s'était lui-même cent fois données. L'instinct maternel de madame d'Aubier lui fit porter sur Diane le jugement que Lucien avait autrefois prononcé. Mais dans le procès où nous l'avons vu défendre tout à coup la cause du prévenu, contre lequel il venait de lancer un éloquent réquisitoire, il nous a déjà donné la mesure de son talent, souple et facile aux revirements : lorsqu'il entendit accuser mademoiselle Bérard, il oublia ses défauts que lui-même avait découverts, se souvint seulement de ses séduisantes qualités et la défendit avec chaleur.

Il n'obtint pas auprès de sa mère le succès autrefois remporté auprès du jury.

Elle demeura inflexible dans ses résolutions. Peut-être eut-elle tort de se montrer aussi absolue : si Diane Bérard, par tempérament aimait la lutte, si les obstacles rencontrés sur son chemin, loin de l'arrêter, ne la rendaient que plus ardente à arriver au but, Lucien d'Aubier devait lui ressembler et partager ses goûts, non par tempérament, mais par habitude, par suite de sa carrière qui est une lutte continuelle et où l'on s'évertue sans cesse à vaincre aux assises devant les jures ou au civil devant les juges, les obstacles sans nombre élevés par le défenseur ou par l'avocat de l'une des parties.

Au moment où madame d'Aubier se prononça sur son mariage, il ne s'était pas encore lui-même prononcé : il flottait incertain, croyant ne dépendre que de sa volonté et être le seul arbitre de sa destinée. En même temps qu'il reconnaissait son erreur, ses incertitudes cessèrent; il n'eut plus qu'un désir : triompher des obstacles qu'on lui opposait.

Il entreprit la lutte : chaque jour, à toute heure, il plaida sa cause et celle de mademoiselle Bérard.

Mais il était aux prises avec un de ces caractères entiers et intraitables, qui ne transigent jamais sur certaines questions, une de ces femmes antiques qu'on retrouve seulement en province dans quelques vieilles familles de robe ou d'épée, dures à elles-mêmes pour avoir le droit d'être dures vis-à-vis des autres, opiniâtres et fermes dans leurs desseins, sachant où elles vont et ce qu'elles veulent, ennemies déclarées des faiblesses du cœur et des accommodements avec la conscience, prêtes à sacrifier l'objet de leur affection, plutôt que de consentir à ce qu'elles considèrent comme une faute ou une déchéance.

Au bout de quelques semaines, Lucien dut renoncer à convaincre sa mère, qui, du reste, finit par se refuser même à l'entendre. Il résolut alors de renseigner mademoiselle Bérard sur la situation qu'on leur faisait. Depuis leurs mutuels aveux, souvent renouvelés, il pensait lui devoir au moins de la franchise et de la confiance.

Un jour, vers trois heures de l'après-midi, après avoir aperçu dans le passage Pommeraye M. Bérard, et acquis la certitude qu'il ne le trouverait pas auprès de sa fille, il se dirigea vers la maison qu'habitait Diane, dans une des petites rues tranquilles et calmes qui entourent le Jardin des Plantes.

D'une allée où il se promenait souvent, il l'avait quelquefois vue à sa croisée et il savait qu'elle demeurait au second étage. Il monta donc sans avoir à prendre de renseignements et sonna directement à sa porte.

— M. Bérard ? demanda-t-il à la femme de chambre qui vint lui ouvrir.

— Monsieur est sorti, dit-elle, mais reconnaissant Lucien pour l'avoir souvent aperçu au Pouliguen auprès de sa maîtresse, elle crut devoir ajouter, comme il l'espérait : Si monsieur veut parler à mademoiselle ?

— Oh ! je craindrais de la déranger.

— Mais non, monsieur, fit la bonne, avec cet empressement propre aux serviteurs des maisons bourgeoises. Je vais prévenir mademoiselle. Si monsieur veut entrer au salon.

Il la suivit et resta seul.

Ce salon, qui s'ouvrait sur une des plus jolies allées du jardin, plantée de magnolias et de camélias en pleine terre, rappelait une époque où M. Bérard n'inventait pas encore et n'avait pas entièrement ruiné sa femme et sa fille. Quelques vieux meubles sauvés du naufrage de leur fortune et transportés de Paris à Nantes, attestaient certaines habitudes d'élégance et de luxe; mais on aurait inutilement cherché dans cette pièce quelque chose qui rappelât la présence constante d'une jeune fille : sur les tables, on ne voyait traîner aucun de ces albums, de ces journaux de modes, de ces petits ouvrages, de ces mille riens dont s'entourent les femmes et qui donnent de la vie à une demeure. Le piano, soigneusement fermé, paraissait être là pour la forme; aucun papier de musique n'indiquait qu'on s'en servît. A n'en pas douter, la maîtresse du lieu aimait à vivre hors de chez elle, et lorsqu'elle était retenue au logis, l'existence contemplative et les longues rêveries suffisaient à son bonheur.

Elle entra, revêtue d'une sorte de robe de chambre, élégante comme tout ce qu'elle portait, mais qui aurait plutôt convenu à une femme mariée qu'à une jeune fille. Surprise évidemment en négligé, par la visite de Lucien, elle avait, pour le recevoir, fait une toilette dont ses cheveux un peu en désordre et des grains de poudre de riz, encore égarés sur ses joues, attestaient la trop grande précipitation.

— Vous demandez mon père? dit mademoiselle Bérard à Lucien en lui tendant la main. Auriez-vous à lui parler?

— Non, fit-il gravement. Je savais M. Bérard sorti ; c'est vous seule que je veux entretenir.

Elle le regarda avec inquiétude, lui fit signe de s'asseoir sur le canapé, et prenant place auprès de lui :

— Parlez, fit-elle.

Il dit alors ce qui s'était passé dans son existence depuis un mois : ses projets, sa conversation avec madame d'Aubier, ses luttes continuelles et enfin la persuasion qu'il avait acquise de ne pouvoir triompher des résistances maternelles.

— Est-ce que je ne savais pas tout cela? dit-elle lorsqu'il eut terminé.

— Comment?

— Sans doute. N'ai-je pas depuis longtemps lu dans les yeux de votre mère qu'elle ne voudrait jamais de moi pour belle-fille. Ah! j'étais trop intéressée à lui plaire, ajouta-t-elle tristement, pour ne pas sentir que je ne lui plairais jamais.

Et comme il voulait s'excuser et excuser sa mère, elle l'arrêta en lui disant :

— C'est inutile. Vous n'avez pas plus blessé mon amour-propre que je vais blesser le vôtre. Les difficultés que vous crée madame d'Aubier, mon père me les fait aussi. Oui, j'ai cru pouvoir causer avec lui, non pas de vos projets, vous ne me les aviez pas confiés, mais de mes secrets désirs, et il les a blâmés. Il vous fait un crime d'être trop jeune pour moi, de dépendre, par votre position, d'une de ces catastrophes politiques toujours à craindre dans notre pays; enfin, il vous reproche ce qu'on me reproche aussi : de n'avoir pas de fortune. Seulement, madame votre mère, je dois lui rendre cette justice, ne pense qu'à votre avenir, et mon père, sans se l'avouer peut-être, songe à son éternelle hélice. Il se dit avec raison que vous êtes trop sérieux pour l'encourager dans ses entreprises, trop pauvre pour l'aider, et il continue à préférer un gendre comme M. de Séry, assez faible d'esprit pour croire aux inventeurs, assez riche pour exploiter leurs brevets. Ah! mon cher ami, si vous dépendez d'une mère trop austère et qui vous aime trop, moi, je dépens d'un père qui ne m'aime pas assez. Mais à quoi bon ces plaintes, vous êtes sans doute venu me faire part de quelque détermination. Quelle est-elle?

— Hélas! dit-il, je n'ai pas de détermination à vous soumettre. C'est un conseil que je viens vous demander.

— Un conseil! je ne dois pas vous en donner. C'est à vous de faire ce que votre cœur vous dictera.

— Que vous dicterait le vôtre?

— Le mien, fit-elle, en s'animant, il ne faut pas le consulter. Il n'écoute pas la raison. Il obéit à ses inspirations, à ses désirs.

— Quels sont-ils ?

— Vous les connaissez. Ai-je besoin de vous faire de nouveaux aveux ?

— Alors quelle conduite vous dicte-t-il?

— Oh ! s'il s'agissait de moi seule, je ne serais pas embarrassée ; je suis majeure et je puis me passer, pour me marier, du consentement de mon père.

— Vous faites erreur, il est indispensable.

— Mais s'il me le refuse, je puis le remplacer par ce que vous appelez, je crois, des sommations respectueuses.

— Quoi! fit-il, vous ne craindriez pas...

— Non, certes... Ah! je vous ai prévenu; ne vous étonnez pas. Pourquoi me sacrifierai-je à un père qui ne me sacrifie rien? Oh! vous n'êtes pas dans la même position que moi, je le reconnais et je ne prétends pas...

— Non, non, s'écria-t-il, en se levant et en se promenant avec agitation; plutôt souffrir, plutôt mourir, que de causer à ma mère un pareil chagrin. Lui faire des sommations, à elle! Mais l'idée ne lui est même pas venue que la loi m'avait armé contre elle et que je pouvais l'invoquer. Oh! non, voyez-vous, il y a des familles où ces choses-là ne se font pas.

Elle ne parut pas avoir remarqué ce qu'il y avait d'un peu dur pour elle dans cette dernière phrase échappée à Lucien, et elle répondit:

— Je ne vous blâme pas. Vous avez une mère, vous, et vous êtes aimé. Je vous avouerai même que, prévoyant ses refus, j'avais aussi prévu votre soumission.

Un instant elle garda le silence, puis, tout à coup, elle se leva vivement, courut à lui, et, prenant ses deux mains:

— Alors? dit-elle.

Il baissa les yeux sous son regard fixé sur lui.

— M'aimez-vous, continua-t-elle, comme vous avez dit m'aimer?

— Oui, fit-il en relevant la tête.

— M'aimez-vous avec passion?

— Oui.

— Eh bien! Tout est permis à deux êtres qui s'aiment comme nous nous aimons, et qu'on veut tenir éternellement séparés l'un de l'autre. Nous ne pouvons pas nous marier: je serai votre maîtresse!

Il se recula. Tant d'amour, tant de résolution, tant d'audace, au lieu de le transporter, l'avaient refroidi. Il ne se sentait pas à la hauteur d'une telle femme; il avait peur... Et elle, qui se serait peut-être éloignée, si, la prenant au mot, il l'avait aussitôt attirée vers lui et pressée dans ses bras, elle devint plus ardente en voyant qu'on lui refusait le droit de se sacrifier:

— Vous êtes le premier homme qui ait fait battre mon cœur, s'écria-t-elle en le rejoignant; il ne battra jamais pour un autre, je le jure. Vous êtes aussi le seul — M. de Séry ne compte pas: c'est un malade et un vieillard — qui, me sachant sans dot, m'ayez assez aimée pour me vouloir épouser. Pourquoi ne m'immole-rais-je pas pour vous? Le monde me méprisera. Que m'importe si je suis heureuse!

— Non, dit-il, je n'ai pas le droit de vous déshonorer parce que vous m'aimez et que je vous aime. Je ne peux, je ne dois pas accepter un tel sacrifice.

— Il vous effraye!

— Pour vous, je le reconnais.

— Et pour vous aussi. Vous avez peur du scandale.

— Je n'y avais pas songé, répondit-il avec fermeté, et je ne pensais qu'à vous. Mais, puisque vous m'en donnez l'idée: oui, j'ai peur du scandale, qui causerait autant de peine à ma mère que ma désobéissance à ses ordres.

— Alors, c'est fini. Nous devons renoncer l'un à l'autre?

— Non, les résolutions de ma mère peuvent se modifier. J'attendrai.

— Vous attendriez? demanda-t-elle, comme si les paroles de Lucien la fortifiaient dans une idée qu'elle avait eue précédemment.

— Certes, dit-il sans hésitation.

— Vous êtes décidé à n'épouser que moi?

— Très décidé, quoi qu'il arrive.

— Quoi qu'il arrive, répéta-t-elle rêveuse; puis, elle reprit: M'attendriez-vous trois ans?

— Pourquoi trois ans?

— Parce qu'en trois ans, comme vous l'avez dit vous-même, les résolutions de votre mère peuvent se modifier, la volonté de mon père fléchir... parce qu'en trois ans, il peut arriver tant de choses, tant d'événements qui changent votre situation et la mienne. Répondez: voulez-vous m'attendre?

— Oui.

— Me le jurez-vous?

— Je vous le jure.

— Sur quoi?

— Sur l'honneur. Je ne connais pas d'autre serment.

— C'est bien! Celui-là me suffit, et j'ai foi en vous.

Ils se séparèrent.

Le lendemain de cette conversation, Lucien reçut une lettre dans laquelle un de ses parents, conseiller à la cour de cassation, l'engageait à demander immédiatement un congé et à venir le passer à Paris. Il s'agissait de présenter le jeune substitut au nouveau garde des sceaux, avec qui le conseiller était en de fort bons termes.

Lucien partit sans hésiter; il avait, en ce moment, besoin de mouvement, de distraction, et il était heureux de s'éloigner de Nantes pour quelque temps.

Lorsqu'il y revint, deux mois environ après, la première personne qu'il rencontra dans la gare fut Desvignes.

— Comme vous avez été longtemps absent! dit celui-ci.

— Le ministre m'avait demandé un travail que j'ai dû faire avant de quitter Paris.

— A la bonne heure! Et quelles nouvelles apportez-vous de la grande ville?

— Celles que vous avez lues, ce matin, dans vos journaux. Rien de plus. Et ici?

— Rien. On s'ennuie comme d'habitude, aux mêmes heures. Nous n'avons eu, pour nous distraire, que deux bals et un mariage.

— Un mariage, lequel?

— Eh! parbleu! vous le savez bien. On n'est pas sans vous avoir appris cela.

— Ma mère seule m'a écrit et elle ne m'a parlé d'aucun mariage.

— Ah! c'est trop fort! C'est moi qui vais vous dire la nouvelle. Eh bien! mon cher, lorsque les femmes se mêlent de vouloir marier quelqu'un, elles y parviennent toujours. Ma femme a réussi.

— A quoi?

— A marier son protégé, M. de Séry!

— Avec qui?

— Avec celle qu'il aimait, cela va sans dire, mademoiselle Diane Bérard... Mais, qu'avez-vous?... Vous pâlissez; on dirait que vous allez vous trouver mal.

— Ce n'est rien, fit-il en se remettant par un grand effort de volonté. Le voyage m'a beaucoup fatigué, et je n'ai rien pris depuis Paris.

— Vous m'en direz tant... Et moi qui vous retiens là pour vous conter des histoires dont vous n'avez que faire! Venez, mon cher, venez, j'ai ma voiture sur le quai, je vais vous conduire chez vous.

Lucien accepta, et tandis qu'ils gagnaient le boulevard Delorme, Desvignes, continuant à causer, avec sa loquacité ordinaire, disait:

— A vous parler franchement, j'ai été très ennuyé de voir ma femme s'occuper de ce mariage. On ne marie pas un homme malade comme M. de Séry. Madame Desvignes a beau dire, je m'y connais, il est poitrinaire jusqu'à la moelle des os. Avec de grands ménagements, il serait peut-être parvenu à prolonger son existence de quelques années. Mais ce n'est pas pour se ménager qu'on épouse une femme jeune et jolie, comme mademoiselle Bérard. Il n'en a pas pour deux ans, je le parierais, et bientôt la Femme de Feu deviendra un fameux parti, car de Séry lui a reconnu une dot considérable, sans compter qu'il lui laissera, si elle sait s'y prendre, toute sa fortune.

Ils étaient arrivés au boulevard Delorme, et ils se séparèrent.

Lucien venait de comprendre la phrase prononcée par Diane dans sa dernière entrevue avec lui : « Me jurez-vous de m'attendre trois ans, quoi qu'il arrive?»

Il l'avait juré.

Le lendemain de son retour à Nantes, d'Aubier, après avoir fait quelques visites officielles, reprit ses travaux.

Sur la rive gauche de la Loire, à dix lieues de Nantes et à six kilomètres de Paimbœuf, s'élève le château de la Sauvinière, propriété des Séry depuis plus d'un siècle. Commencé, pense-t-on, sous Henri IV, et terminé sous Louis XIII, il a dû se construire sur l'emplacement d'un ancien domaine féodal que rappelle encore une vieille tour garnie de ses machicoulis et tapissée par le temps de lierre et de chèvrefeuille. Il est élevé de deux étages, surmontés de combles très vastes et de grandes cheminées où la pierre et la brique se mélangent très heureusement comme dans tout le reste de l'édifice.

Au milieu des deux façades, dont l'une regarde la Loire et l'autre la campagne, des perrons entourés de rampes en fer forgé, d'un travail remarquable, conduisent dans les parterres. Ceux-ci forment autour du château une vaste terrasse fermée, dans toute son étendue, par des fossés profonds qu'on traverse à l'aide d'un pont fixe, jeté sur l'emplacement de l'ancien pont-levis et appuyé contre la vieille tour. De grandes prairies, coupées de temps à autre par un bouquet de jeunes arbres, commencent au fossé et descendent jusqu'à la Loire, tandis que par derrière s'étendent des bois touffus, une véritable forêt plantée de chênes, de hêtres et de sapins. Prairies, bois et forêt, sur une étendue de cent hectares, dépendent du domaine de la Sauvinière et en font une terre d'un grand rapport.

Un château si pittoresque, admirablement situé et presque historique, car si l'on en croit la chronique, il aurait appartenu à la femme de René de Rohan, Isabelle d'Albret, fille du roi de Navarre et grand'tante d'Henri IV, devait inspirer à ceux qui l'habitaient le désir de l'entretenir dans un parfait état de conservation et de l'embellir de leur mieux. Cependant M. de Séry, malade, découragé, sans famille, sans héritier direct à qui laisser la Sauvinière, n'en prenait, depuis plusieurs années, aucun souci, et elle allait dépérissant tous les jours, lorsque Diane Bérard vint l'habiter dès le lendemain de son mariage.

— C'est ici que je veux vivre, loin du monde, dans une retraite absolue, dit-elle à son mari. Cela vous convient-il?

Si cela lui convenait! C'était son rêve, son désir le plus ardent. Quoi! au moment où il craignait qu'elle n'eût l'intention de lui faire une existence vagabonde et mondaine, si contraire à son âge et à ses goûts, où il s'apprêtait à souffrir ces mille petites douleurs réservées aux hommes assez imprudents pour épouser à cinquante ans une jeune et jolie femme, elle lui proposait de vivre dans une terre où il était né, qu'il aimait, et de vivre seule avec lui, loin des importuns et des séducteurs. Jamais il n'eût espéré une telle bonne fortune, et prévenant aussitôt les désirs de Diane, il lui donna plein pouvoir pour rendre à la Sauvinière son ancienne splendeur.

Elle ne perdit pas un instant; on aurait dit que M. de Séry lui avait laissé par testament son château et qu'elle espérait en devenir, sous peu, l'unique propriétaire. Des artistes et des ouvriers en tous genres furent appelés dans le pays, et guidés par Diane se mirent à l'œuvre. Trop intelligente pour changer quelque chose aux dispositions extérieures de l'édifice, elle se contenta de commander des travaux intérieurs destinés à donner aux appartements le confortable et le luxe qui leur manquaient. Au rez-de-chaussée, elle fit repeindre, comme ils l'avaient été précédemment, les plafonds à solives apparentes, et revêtir les murs de grandes tapisseries anciennes, encore resplendissantes de couleur, achetées dans une vente qui se fit, à cette époque, dans un château voisin, appelé Plessis-Mareil. Le petit salon du premier étage, celui où elle devait se tenir d'habitude, fut recouvert de tapisseries de Beauvais, et elle chargea un véritable artiste de représenter, au-dessus des portes et sur les plafonds de sa chambre à coucher, des sujets galants à la manière de Lancret et de Watteau. Un délicieux trumeau, signé François Boucher, fut tiré d'une armoire où M. de Séry le conservait trop religieusement et placé sur la cheminée. On tendit les murs d'un lampas à dessins variés et la même étoffe servit de rideaux et recouvrit entièrement le bois des fauteuils et du lit. Une glace et un petit lustre de Venise, une pendule de cuivre d'un charmant modèle, deux meubles de Charles Boule, un excellent portrait de Largillière représentant une aïeule de M. de Séry, renommée à la cour de Louis XV pour sa beauté, achevèrent de décorer cette chambre qu'on aurait dit préparée par une femme amoureuse pour y recevoir un amant adoré. En même temps de grands bahuts en bois sculpté qu'on découvre encore dans certaines parties de la Bretagne, des armoires et des tables en ébène avec incrustation d'ivoire, de vieux fauteuils Louis XVI artistement réparés, servirent à meubler les autres pièces du château. Au dehors, on dut rétablir sur la porte d'honneur l'écusson féodal qui en était tombé depuis longtemps et toutes les girouettes fleurdelisées que le vent avait répandues çà et là. Les jardiniers reçurent l'ordre de dessiner de nouveau les parterres, enfouis sous l'herbe, de nettoyer les douves en respectant le plus possible les plantes grimpantes qui les tapissaient et de faire des percées indispensables dans le parc, menacé de devenir une forêt vierge. La nouvelle châtelaine crut devoir supprimer aussi le pont fixe jeté sur les fossés et le remplacer par l'ancien pont-levis dont les chaînes et toutes les ferrures se retrouvèrent sans peine. Enfin, elle daigna s'occuper de la vieille tour, et, sans rien ôter de son cachet à ce souvenir féodal, elle essaya d'en tirer parti en faisant reconstruire l'escalier intérieur, écroulé depuis un siècle, et solidifier la plate-forme, d'où l'on put jouir dès lors d'un panorama splendide : au premier plan, au bas de la prairie, le grand Carnet, le petit Carnet et la Maréchale, îles inhabitées, bordées de grands roseaux et encadrées dans les bras de la Loire; en face, à plus de deux lieues, Donges et toute la rive droite du fleuve se perdant dans la brume; sur la gauche, Saint-Nazaire et l'Océan.

Aucun architecte n'était entré à la Sauvinière, les donneurs de conseils en avaient été exclus; seule, elle avait conçu ces travaux, ces arrangements et les avait fait exécuter. Le désir d'embellir cette belle propriété et quelque secrète espérance chère à son cœur, avaient suffi pour faire d'une femme, seulement intelligente jusque-là, une véritable artiste.

M. de Séry était en extase devant elle : il approuvait et admirait tout. Loin de se plaindre de ces dépenses, il les encourageait : trop heureux, disait-il, de pouvoir utiliser ses revenus accumulés depuis plusieurs années. Elle eut la pensée de décorer avec quelques tableaux modernes un petit salon du rez-de-chaussée, et il allait écrire à Paris pour se faire envoyer des toiles signées de nos premiers maîtres, lorsqu'elle l'arrêta et lui désigna des peintres, plus modestes, mais d'un talent incontestable, dont elle avait admiré les œuvres à la dernière Exposition : Léon Flahaut, paysagiste distingué, élève de Corot; Ernest Journault, qui a fait, avec son maître Gérôme, le voyage de Palestine et a rapporté de ce pays des études excellentes; Pinelli, peintre de genre, dont les dernières toiles, la *Leçon de lecture* et *Un intérieur de la Bourse de Pérouse*, ont été fort remarquées. Elle ne pensait pas qu'on dût acheter un tableau, fût-il signé Delacroix, sans l'avoir vu, et elle préférait à quelques gloires éclatantes des personnalités moins connues de la foule, mais qu'elle avait appris à aimer.

— Soit ! disait M. de Séry, vos désirs seront satisfaits, ma chère Diane, mais j'ai un grave reproche à vous adresser.

— Lequel, grand Dieu !

— Depuis quelque temps, vous devenez économe ; vous paraissez regretter les dépenses indispensables cependant, que vous avez faites dans notre demeure. Ainsi votre chambre à coucher, qui est un modèle de goût et d'élégance, à quoi vous sert-elle ? Au lieu de l'habiter, vous préférez vous tenir dans une pièce où vous avez transporté vos meubles de Nantes.

— C'est mon mobilier de jeune fille, n'en dites pas de mal.

— Dieu m'en préserve ! mais quand habiterez-vous votre nouvelle chambre ?

— Lorsqu'elle sera complète.

— Y manque-t-il quelque objet ?

— Certes.

— Désignez-le moi ; je vous le procurerai.

— Vous ne pourriez pas. J'attendrai.

— Et cette bibliothèque que vous avez voulu former ; elle reste inachevée. On n'y voit aucun de nos romans modernes.

— Je ne lis pas de romans ; j'en fais. Cela me suffit.

— Au moins auriez-vous dû faire relier plus richement les ouvrages de science et de droit que vous avez achetés. Je voudrais que chaque volume portât vos armoiries.

— Vous avez tort. Si ces livres changeaient de propriétaire, la reliure serait perdue.

— Pourquoi donc en changeraient-ils ; sommes-nous menacés de les vendre un jour ?

— Sait-on ce qui peut arriver

Tout en combattant cette haute sagesse, il se croyait forcé de l'admirer et il se disait sans cesse : « Mes amis de Nantes me blâment d'avoir épousé, à mon âge, une toute jeune femme. Ah ! s'ils la connaissaient, s'ils savaient ce qu'il y a de raison et de jugement en elle ! »

Une seule personne, à la Sauvinière, semblait ne point partager l'admiration de M. de Séry. C'était un beau garçon de vingt-cinq ans environ, d'une taille moyenne, carré des épaules et solidement bâti. Ses cheveux épais et taillés en brosse, ses moustaches et sa barbe qu'il laissait croître, étaient noirs comme du jais. Il avait le teint coloré, l'œil vif, les dents belles, le nez un peu fort, le cou très gros, le front bas, les os maxillaires très prononcés. Il portait d'ordinaire un costume, moitié campagnard, moitié bourgeois : une espèce de veste de chasse en gros velours avec des boutons en métal, le pantalon et le gilet de même étoffe, des guêtres en cuir, sur la tête un chapeau mou en feutre noir qui n'avait aucun rapport avec le chapeau breton. On le voyait, un fusil de chasse sur l'épaule, une pipe à la bouche, suivi d'un très beau chien d'arrêt, rôder dans les parterres, dans la prairie ou dans les bois. C'était l'intendant, le factotum, le fermier principal, le garde général, en un mot Lami, le beau Lami, comme l'appelaient les jeunes filles de l'endroit, ou M. Lami, comme il se faisait appeler. Son père, cultivateur des environs, s'étant ruiné pour avoir voulu s'enrichir trop vite, il s'était vu à vingt ans, malgré un semblant d'éducation reçue à Paimbœuf, menacé tout à coup de se faire ouvrier ou de se mettre en condition pour ne pas mourir de faim. Il eut heureusement l'idée d'aller trouver M. de Séry, dont la bienveillance et la bonté étaient connues dans tout le pays, et après lui avoir fait part de sa triste situation, il lui demanda quelque place où il pût utiliser ses faibles connaissances. Le châtelain de la Sauvinière, se sentant déjà malade à cette époque et n'ayant plus ni la force ni le goût de faire valoir ses terres, consentit à prendre Lami à l'essai. Il ne tarda pas à trouver, chez ce jeune homme, de l'intelligence, de l'activité, la fermeté nécessaire pour défendre les intérêts qui lui étaient confiés et une grande honnêteté dans toutes les questions d'argent. Aussi, au bout de deux ans, s'était-il à peu près déchargé sur lui de la peine que donne l'administration d'une grande propriété. Toujours seul au château, il en était même arrivé, peu à peu, à oublier la distance qui le séparait de son intendant et à le traiter en camarade. Il l'avait autorisé, pour l'avoir plus facilement sous la main et parce qu'il se sentait plus en sûreté avec lui dans sa vaste demeure, à venir habiter un petit appartement, au rez-de-chaussée, dans l'aile gauche du château. Après s'être aussi borné, dans les premières années, à l'inviter de temps à autre à dîner, il le recevait quotidiennement à sa table et faisait de lui son compagnon assidu.

Cette bienveillance, en affirmant la position de Lami auprès des fermiers d'alentour, lui avait donné une autorité très profitable aux intérêts de M. de Séry, mais elle avait en même temps développé outre mesure l'excessive vanité de ce jeune homme. Infatué déjà de son physique pour quelques succès faciles, remportés dans la campagne et dans la petite bourgeoisie de Paimbœuf, il s'était monté la tête sur ses mérites intellectuels et leur attribuait sa position inespérée. Peut-être même avait-il fini par se croire l'unique propriétaire du château : ne l'habitait-il pas seul la plus grande partie de l'année, depuis que M. de Séry passait, pour sa santé, tous ses hivers dans le Midi; n'avait-il pas une procuration pour faire et défaire les baux, vendre les récoltes, signer une foule d'actes en l'absence du maître, et celui-ci, à son retour, ne demandait-il pas conseil sur toutes choses à son intendant, se permettait-il d'acheter un bois, de vendre une prairie, sans l'avoir consulté?

En un mot, Lami jouissait de la Sauvinière comme si elle lui appartenait; il y demeurait dans un appartement confortable, il y chassait, se nourrissait de son gibier, de ses légumes, il buvait son vin, il était servi par les gens de la maison, il montait les chevaux de M. de Séry, et s'il ne mangeait pas les revenus de la terre, c'est que nourri, logé, éclairé, voituré, défrayé de tout, touchant des appointements raisonnables, il eût été fort embarrassé de trouver l'emploi de son argent.

Il est facile d'imaginer le triste effet que le mariage de M. de Séry avait dû produire sur Lami. Quoi! s'être permis de prendre femme, sans le prévenir; avoir amené à la Sauvinière une figure nouvelle sans le consulter; diminuer sa position de commensal, en attendant qu'on diminuât sans doute sa situation de régisseur; donner une maîtresse à qui s'était affranchi de l'autorité du maître; se faire une nouvelle famille lorsque Lami en était arrivé à se demander, par moment, s'il n'était pas le fils de la maison, l'unique héritier du châtelain?

Si encore M. de Séry avait épousé une jeune fille timide, douce, facile à vivre, uniquement occupée des soins du ménage, peut-être Lami se serait-il consolé. Mais, dès l'arrivée de Diane à la Sauvinière, l'intendant comprit qu'il n'avait pas affaire à une pensionnaire, qu'il était en présence d'une vraie femme. Elle habitait le château depuis huit jours à peine, et déjà elle avait tout bouleversé : elle ordonnait, elle tranchait, elle construisait, elle démolissait, sans paraître s'apercevoir de sa présence. Et ce mari, il la laissait faire, il avait l'air d'un point d'admiration devant elle, il méconnaissait lui aussi les droits du son régisseur et ne daignait pas les rappeler à sa femme. C'en était trop! Il y avait de quoi mourir de honte et de rage ou tout au moins se démettre, au plus vite, de ses fonctions.

Chose étrange cependant et dont s'étonnèrent les personnes qui, en rapport constant avec le régisseur, connaissaient son caractère difficile, entier, jaloux, et sa brutalité, Lami, après s'être plaint à qui voulait l'entendre du mariage de son maître, s'être déclaré dans tout le pays l'ennemi juré de madame de Séry, avoir annoncé de toutes parts qu'il allait rendre ses comptes, Lami, disons-nous, s'était peu à peu radouci, parlait de la nouvelle châtelaine avec plus de ménagements et gardait sa place.

On finit par attribuer ce changement au charme exercé par Diane sur tous ceux qui eurent l'occasion d'être en relations avec elle, pendant la première année de son séjour à la Sauvinière : fermiers, serviteurs, ouvriers de toute sorte, fournisseurs, pauvres, voisins chantaient ses louanges. Il était impossible, disait-on, d'être plus polie, plus avenante, plus gracieuse, plus charitable que la belle châtelaine. Elle passait ainsi à l'état de bonne fée, se faisait des partisans dans le pays et entraînait même à sa suite le rébarbatif Lami.

Ces louanges, il faut le reconnaître, n'étaient pas excessives et le mariage profitait à mademoiselle Bérard. Sa beauté s'épanouissait de plus en plus, au grand air, dans ce parc, dans ce château, au milieu de tout le luxe qu'elle y avait appelé. C'était bien là le cadre qui convenait à cette belle personne confinée depuis plusieurs années dans de petits logements où elle pouvait à peine laisser traîner les plis de sa robe, servie par une seule domestique, obligée d'économiser sur tout, de s'occuper des moindres détails du ménage. Il lui fallait des appartements au plafond élevé, des parterres émaillés de fleurs, de hautes futaies, d'épaisses charmilles, de beaux horizons, des serviteurs empressés, des meubles anciens, des étoffes soyeuses, des tableaux, des statues, des œuvres d'art, une vie facile et de l'or à pleines mains; elle avait trouvé tout cela, et, souriant à un avenir plus doux encore, elle s'ouvrait à la vie dans l'atmosphère rayonnante dont elle s'était entourée. On aurait pu la comparer à quelque belle plante tropicale, prête à s'étioler, sous un ciel brumeux, malgré sa vigueur et sa sève; on la transporte en plein soleil et en pleine lumière et aussitôt elle s'épanouit, elle charme tous les yeux !

Et, comme si cette exubérance de vie, cet épanouissement, devaient communiquer de la chaleur à tout ce qui l'entourait, éclairer de ses rayons ceux qui participaient à sa chaude existence, le pauvre malade que Diane avait épousé semblait renaître et reverdir. Peut-être n'était-il pas aussi gravement atteint que les médecins et ses amis l'avaient laissé entendre ; peut-être son isolement, ses préoccupations constantes, les privations de tous genres imposées par la Faculté, l'avaient-ils réduit à un si piteux état ? Aujourd'hui, il paraît plus valide, ses yeux ont plus d'éclat, son teint est moins terne, ses jambes le supportent aisément. Il sourit, il cause, il est gai, il est heureux. On s'était dit : Le pauvre homme se marie pour avoir une compagne, une amie, une lectrice, une garde, il faut l'excuser. Erreur ! c'est une femme qu'il paraît avoir épousée et, en cherchant bien, on découvrirait peut-être chez lui des prétentions à devenir un véritable mari.

Diane observe d'un air rêveur cette convalescence, ce renouveau, qu'elle n'avait évidemment pas prévu. M. de Séry l'aurait-il trompée ? Comme ces cardinaux qui se font infirmes et mourants pour décider leurs collègues à les élever à la papauté, et qui jettent loin d'eux leur caducité et leurs béquilles le jour où le sacré-collège, croyant à leur mort prochaine, les a choisis, le mari de Diane Bérard a-t-il, pour se faire épouser plus sûrement, joué le rôle d'un malade ? Se serait-il dit : Elle espérera hériter bientôt de moi, convoler de nouveau suivant ses goûts, et elle acceptera ma main ; mais, je vivrai, je vivrai longtemps et je réchaufferai ma vieillesse languissante à sa verte jeunesse ?

Le cher homme est incapable d'avoir fait un tel calcul. Il ne s'est jamais cru aussi malade qu'on le disait et il ne l'est peut-être pas, mais il se serait éteint prochainement dans son isolement et sa tristesse. Aujourd'hui, il redevient plus fort et plus confiant, parce qu'il s'imagine avoir auprès de lui une amie dévouée, une femme aimante. Indulgent pour tous, serviable, incapable de faire le mal et d'y croire, il prête à ceux qui l'approchent les bonnes pensées dont son cœur est plein. Diane, pense-t-il, peut parvenir à l'aimer, en reconnaissance du bien qu'il lui a fait, du luxe dont il l'a entourée, de la position qu'elle occupe, de la fortune qu'il lui laissera. Elle doit être touchée de son grand attachement, et, pourquoi ne pas l'avouer, de son amour. Oui, de son amour ; le cœur n'a pas d'âge, a-t-on dit depuis longtemps, et ce vieillard aime, peut-être pour la première fois de sa vie ; il aime et il désire. Il désire d'autant plus vivement que, dans la crainte, assure-t-on, de voir s'aggraver le mal dont il souffre, on le supplie d'être résigné. Ces conseils lui sont donnés d'une si douce voix, avec des câlineries si adorables, des regards si tendres, qu'il croit entendre parler l'ange de l'Espérance, et que, pour mériter le ciel qu'on lui fait entrevoir dans un temps rapproché, il consent à se laisser seulement soigner. Ainsi, au moral. pleine satisfaction : il croit à sa santé, il espère en son amour. Au physique : repos absolu, vie saine et fortifiante. Les médecins n'ordonneraient pas mieux et le châtelain de la Sauvinière devient de jour en jour plus méconnaissable. De son côté, Diane est de plus en plus rêveuse. Aurait-elle donc épousé le...mari éternel ?

M. de Séry vint heureusement à son secours : peu à peu, en recouvrant les apparences de la santé, il avait vu son amour s'accroître. Il se sentait dispos, jeune, ragaillardi et voulut faire profiter sa passion de ce printemps inespéré. Longtemps Diane Bérard essaya de lutter contre ces aspirations ; elle invoqua Esculape, dieu de la médecine, et Minerve, déesse de la sagesse. Vains efforts ! M. de Séry ne respectait plus rien et avait toutes les audaces. Il fallut se résigner à s'immoler sur l'autel du devoir. Mais elle n'était pas d'humeur à faire un tel sacrifice sans qu'il servît ses desseins. Elle avait, un instant, nourri l'espoir de se conserver immaculée pour Lucien, de rester, suivant l'expression à la mode, *femme de temple*, tout en étant *femme de foyer*. On s'y opposait, on voulait infliger son amour. Eh bien ! puisqu'elle ne pouvait s'y soustraire, elle résolut d'en avoir raison.

Elle ne devint pas seulement la femme de M. de Séry, elle fut sa maîtresse. L'esprit tendu vers un but unique, impatiente et fiévreuse, décidée à tous les martyrs pour abréger le temps et brûler l'espace, elle joua la comédie de l'amour avec un art infini.

Tout concourait ainsi à faire du châtelain de la Sauvinière le plus heureux des hommes, le mari le plus choyé, l'amant le plus aimé. Sa vie était un enchantement, chacun de ses jours un jour de fête.

Quant à sa santé, il n'y prenait plus garde. Avait-il le temps d'y songer ? Les fleurs qui le couvraient lui cachaient la pâleur de son visage, et, sans cesse abreuvé de délices, il ne pouvait se voir dépérir.

Quelle était l'attitude de Lami en face de cette nouvelle situation ? Il avait certainement remarqué les changements survenus dans les rapports des deux époux et ses observations avaient été d'autant plus faciles que, peu à peu, il s'était glissé dans l'intimité de ses maîtres. Diane avait pris les rênes de la maison et l'avait relegué au second plan, mais à un excellent second plan, où l'amour-propre de l'intendant ne souffrait pas et où il dirigeait et ordonnait encore.

Trop adroite pour se faire un ennemi irréconciliable d'un homme dont elle pourrait avoir besoin un jour, elle l'avait traité avec ménagements, elle avait flatté sa vanité, elle en était arrivée à se départir vis-à-vis de lui de sa première réserve. M. de Séry, que la brusquerie de son régisseur avait toujours intimidé, était ravi des bonnes dispositions de Diane à l'égard de Lami et encourageait sa femme dans cette voie de conciliation.

L'intendant a donc repris sa place au foyer du châtelain. Il l'a vu revenir à la santé pendant les premiers temps de son mariage, il l'a vu plus tard dépérir et retomber plus bas qu'il ne l'avait jamais été.

Un frère, un parent, un ami, croirait pouvoir se permettre des observations, des conseils; Lami reste dans ses attributions d'intendant et ne dit mot. Pourquoi cette réserve de la part d'un homme peu réservé d'habitude, cette discrétion quand, pour la première fois peut-être, il aurait le droit d'être indiscret? Pourquoi trahir indirectement, par son mutisme, ce maître qui l'a comblé et auquel il a souvent donné des preuves d'attachement?

C'est que Lami, dans toute la force de l'âge, ardent, vigoureux et sensuel, qui n'a jamais connu que des filles de campagne ou des ouvrières de petite ville, s'est laissé éblouir par la beauté et l'élégance de madame de Séry. Son ennemi déclaré d'abord, lorsqu'il songeait à ses intérêts, il les a oubliés en la contemplant, et il lui est devenu tout dévoué. L'intimité dans laquelle il vit maintenant avec elle continue à le tenir sous le charme. Il la voit à toute heure, à tout instant il lui parle, et peu à peu sa tête s'échauffe: «Ah! se dit-il, si au lieu de ce mari fini, usé, à moitié mort, elle avait un amant comme moi! » Alors il prend en haine ce mari indigne de ses richesses et dont la vieillesse maladive flétrit la beauté et la jeunesse de cette adorable femme.

« Je suis beau garçon, se dit-il encore; je suis jeune, je vaux tous ces messieurs de la ville; pourquoi ne profiterai-je pas de mes avantages? Pourrai-je jurer, du reste, qu'elle ne prévoit pas l'avenir et ne songe pas à moi? Elle me laisse, tous les jours, pénétrer plus avant dans son intimité, et hier encore elle a jeté sur moi de singuliers regards. »

Quelquefois l'amoureux s'effaçait pour faire place au paysan parvenu, ambitieux et avide. La Sauvinière, dont il s'était cru longtemps l'unique propriétaire, lui était décidément acquise. Madame de Séry, veuve, riche et folle de lui, consentait à l'épouser.

Dans les vieux livres trouvés au château et qu'il avait depuis longtemps parcourus, n'avait-il pas vu des grandes dames épouser des petites gens dont certainement les mérites ne pouvaient se comparer aux siens? Ce château, ces bois, ces prairies, sont donc destinés à lui appartenir un jour.

Et, pendant que le temps s'écoule ainsi à la Sauvinière, tandis que le mari se meurt, que la femme entrevoit la fin de son martyre et la réalisation de ses espérances, que l'intendant caresse ses chimères, Lucien d'Aubier remplit toujours à Nantes les fonctions de substitut.

Dans les premiers mois qui suivirent le mariage de mademoiselle Bérard, un travail opiniâtre parvint seul à dominer ses souvenirs et à calmer son imagination surexcitée. Il faisait d'héroïques efforts pour oublier celle qu'il aimait jusqu'au jour où elle accourrait lui dire: « Je suis libre; j'ai maintenant une fortune en rapport avec votre position; les temps sont changés; personne ne peut songer à nous refuser le droit d'être heureux ensemble: épousez-moi, »

Il lui venait bien, à ce sujet, quelques scrupules: Serait-il délicat à lui d'épouser, veuve et riche, la femme à laquelle il ne s'était pas allié lorsqu'elle était pauvre? Mais ce n'était pas lui qui avait désiré une dot; il avait tout tenté pour s'unir à Diane, malgré sa pauvreté, et il ne pouvait être responsable des exigences maternelles. N'aurait-il pas le droit, du reste, de ne jamais toucher à cette dot et de travailler sans relâche afin de subvenir, avec sa fortune personnelle, à la vie commune?

Ses autres scrupules le préoccupaient davantage: la réalisation de ses rêves ne reposait-elle pas sur le décès d'un galant homme dont il n'avait jamais à se plaindre? N'était-il pas malséant de baser son bonheur et sa fortune sur le malheur d'autrui et de spéculer sur la mort du prochain? Mais cette mort dépendait-elle de lui? Ses désirs pouvaient-ils la précipiter et ne ferait-il pas le sacrifice de toutes ses espérances plutôt que de hâter d'un jour le fatal dénoûment?

Si, après avoir examiné sa conscience, il était tenté d'étudier la conduite de Diane Bérard, ne devait-il pas aussi la déclarer innocente? Quoi! pendant plus d'une année M. de Séry a poursuivi cette jeune fille de ses hommages, et elle les a repoussés. Elle ne s'est laissé éblouir ni par son nom, ni par la dot considérable qu'il promettait

— 41 —

de reconnaître, ni par le magnifique héritage que madame Desvignes semblait garantir. Elle a dédaigné toutes ces séductions avant de connaître Lucien ; elle les a dédaignées après l'avoir connu.

Supérieure à bien des femmes de son temps, elle n'a pas admis que la fortune pût entrer en lutte avec l'amour, et elle a préféré sans hésitation un petit substitut de province à un grand propriétaire foncier. Il ne lui a pas même suffi de sacrifier les millions de M. de Séry, elle proposait encore d'immoler son honneur en devenant la maîtresse de Lucien. Si, plus tard, elle a épousé le mari qui lui faisait horreur, n'est-ce pas une immolation plus grande encore, et pourrait-il venir à la pensée de celui qui l'a provoquée de la lui reprocher?

Profite-t-elle de son sacrifice, jouit-elle de sa position, de sa fortune, a-t-elle songé, comme tant de femmes, à remplacer le bonheur par le plaisir et des satisfactions de vanité? Qui l'empêchait, après son mariage, de courir à Paris, et d'y devenir bientôt une des femmes les plus entourées, une des reines de la mode, ou bien d'acheter, à Nantes, un bel hôtel, d'y donner des fêtes, d'étonner chacun par son élégance et son luxe, et d'occuper le premier dans une société où précédemment on l'acceptait à peine?

A toutes ces jouissances, elle a préféré une vie digne, calme, retirée au fond d'une campagne, auprès d'un vieux mari. Elle a voulu que le sacrifice fût complet et que Lucien fût obligé de se dire : « Elle s'est mariée pour moi, pour moi seul, en vue de nos amours, en vue de notre avénir. » C'est ainsi qu'il jugeait la conduite de Diane; c'est avec ces pensées qu'il vécut et qu'il attendit longtemps.

Mais les jours et les mois s'écoulèrent, et aucune nouvelle directe n'arriva de la Sauvinière. Il entendait seulement dire parfois à madame Desvignes que M. de Séry, obligé de se rendre à Nantes pour affaires, était venu la voir, et que le mariage paraissait lui réussir à merveille. C'était peu rassurant. En même temps, ses souvenirs allaient s'affaiblissant tous les jours, et il était obligé de faire certains efforts pour ressaisir ces traits, ces formes qui naguère le poursuivaient sans cesse.

Madame d'Aubier, ne voulant plus être surprise comme elle l'avait été le jour où Lucien lui avait annoncé son amour pour mademoiselle Bérard et ses projets de mariage, surveillait maintenant le cœur de son fils et put y lire ce qui s'y passait. Lorsqu'elle vit que le temps avait joué son rôle habituel et rempli sa tâche dans ce monde, celle de calmer les plus grandes douleurs et d'affaiblir les souvenirs les plus vivaces, elle reprit ses anciens projets et remit Lucien en présence de Marie de Rioux.

Il retrouva cette jeune fille telle qu'il l'avait connue : charmante et gracieuse au possible. Elle ne lui reprocha pas son abandon, habilement expliqué, du reste, par madame d'Aubier, et comme si d'instinct elle avait compris qu'il ne fallait pas faire violence à ce cœur encore souffrant, elle oublia qu'elle était femme, que peut-être elle aimait, et elle parut voir en Lucien un camarade d'enfance ou un frère. N'ayant ainsi aucune raison pour s'effaroucher et craindre de manquer au serment fait à mademoiselle Bérard, il en vint, peu à peu, à son insu, à se laisser charmer par sa nouvelle compagne, à remarquer son esprit aimable, sa grâce et sa beauté maintenant dans toute sa fleur.

Madame de Séry devina-t-elle ce qui se passait dans l'âme de Lucien, le hasard se chargea-t-il de lui apprendre qu'on le rencontrait trop souvent dans la société de mademoiselle de Rioux, ou bien ne put-elle résister plus longtemps au désir de se rappeler à son souvenir ? Toujours est-il qu'elle le revit.

Peut-être aussi, vers la fin de cette seconde année de mariage, fut-elle prise de certain découragement : M. de Séry était fort affaibli, sans doute, mais il avait encore une vigueur factice effrayante pour les personnes intéressées à sa mort. Un médecin ne s'y serait pas trompé : il aurait découvert sous ces pommettes colorées, ces yeux encore vifs, un épuisement complet, un grand délabrement et tous les symptômes d'une maladie mortelle. Mais Diane et Lami se gardaient bien d'appeler des médecins à la Sauvinière, et, dans leur ignorance, ils s'affligeaient de l'état de M. de Séry, lorsque, plus instruits ou mieux éclairés, ils auraient pu s'en réjouir.

Ce fut dans ces dispositions d'esprit que Diane Bérard conçut le projet de revoir Lucien.

Par prudence, dans la crainte de se compromettre et de compromettre l'avenir, soutenue surtout par l'espérance d'un veuvage prochain, elle avait jusqu'alors résisté à ce désir. Maintenant elle doutait, elle voyait, en tous cas, l'époque souhaitée s'éloigner tous les jours davantage, elle avait besoin de reprendre des forces et de se défendre du découragement qui commençait à l'envahir.

Lucien occupait à l'extrémité du boulevard Delorme un petit pavillon, dépendant de l'hôtel qu'habitait sa mère, mais séparé de cet hôtel par une vaste cour et pouvant s'ouvrir sur le boulevard. Au rez-de-chaussée se trouvait son cabinet de travail où, depuis quelque temps, il restait fort avant dans la nuit pour étudier une importante affaire criminelle que le parquet de Rennes venait de lui confier.

Il s'agissait d'un propriétaire d'Ancenis, M. X..., accusé d'avoir empoisonné sa belle-mère, trop lente à mourir. Durant l'instruction, le prévenu avait déployé tant d'intelligence, l'avocat, appelé de Paris pour le défendre, jouissait d'une telle réputation, que Lucien d'Aubier, chargé de l'accusation, ne pouvait se dissimuler les difficultés de sa tâche et en était effrayé. La culpabilité de M. X... ne faisait aucun doute pour lui, mais il s'agissait de la démontrer au jury, et, dans le but d'y arriver, il ne reculait devant aucune peine. Il avait poussé le scrupule jusqu'à devenir, pour quelques jours, médecin et chimiste, afin d'étudier les ravages produits par certaines substances. Comme on supposait que l'empoisonnement avait eu lieu par l'arsenic, il s'en était procuré une dose et à l'aide de livres spéciaux, il l'analysait et en étudiait les effets. Il voulait être ainsi en mesure de répondre aux objections des médecins appelés par la défense et de soutenir les rapports des médecins-experts désignés par la justice.

Plongé dans ce travail, par une froide soirée d'hiver, il entendit tout à coup, vers onze heures, frapper à ses volets. Etonné de ce bruit complétement inusité, il quitta son bureau, marcha vers la croisée, et l'entrebâillant.

— Qui va là, demanda-t-il.

— Silence, et ouvrez-moi la petite porte, dit une voix qui le fit tressaillir.

Pâle, ému, tremblant, il obéit. Diane entra vivement, et, tandis qu'il la regardait, sans oser croire encore à sa présence chez lui, elle se débarrassa d'un grand manteau de velours noir entièrement garni de fourrures, marcha vers la cheminée, présenta au feu ses bottines humides, puis se retourna, et, sans dire un mot, contempla longuement Lucien.

Il commençait à se remettre, et, debout, appuyé sur son bureau, il la regardait aussi, sans avoir la force de lui parler.

Ce n'était plus la jeune fille d'autrefois, déjà splendidement belle, mais encore incomplète sous certains rapports. Deux années avaient suffi pour parfaire tout ce qui se trouvait inachevé en elle; sa beauté s'était épanouie, et la fleur était devenue un fruit.

De grands changements se remarquaient aussi dans sa toilette : elle n'avait plus la mise d'une jeune fille sans fortune, essayant de remplacer par certaines recherches et un peu d'excentricité le luxe que sa bourse lui interdisait. Elle portait une toilette de haut goût, en rapport avec sa position. Une robe de velours comme le manteau, à longue traîne, sans aucun ornement, mais sortie des ateliers d'une grande couturière, faisait valoir l'élégance de sa taille, toujours mince quoiqu'un peu arrondie, et la fermeté de sa poitrine qui s'était encore développée. Des gants de peau de Suède, gris, sans boutons et à haute manchette, des bottines de satin noir, accusaient nettement la finesse de la main et celle du pied. Un capuchon de dentelles très épaisses couvrait sa tête, et à chacune de ses oreilles admirablement dessinées pendait une perle noire. Les flammes du foyer mettaient en pleine lumière la riche simplicité de cette toilette et toutes les perfections de cette ravissante femme.

En la contemplant, il sentait revivre tous ses souvenirs. Elle, comprenant qu'elle ressaisissait son empire, savourait le charme du triomphe, et se rassasiait de la volupté qu'une femme éprouve à se voir admirer par l'homme aimé.

Enfin, elle fit un signe et Lucien s'étant agenouillé, elle se baissa et appuya longuement ses lèvres sur son front.

La glace étaient rompue ; ils causèrent à voix basse. Elle dit comment elle avait profité d'une indisposition de son père pour se sauver de la Sauvinière et venir passer vingt-quatre heures à Nantes. Arrivée dans la journée, elle avait attendu qu'il fît nuit et elle s'était, en secret, dirigée vers la maison de Lucien. Elle ignorait s'il habitait encore le même pavillon qu'autrefois et elle avait été bien heureuse lorsqu'elle avait reconnu sa voix. Après lui avoir donné quelques heures, elle remporterait dans sa retraite le souvenir de cette visite ardemment souhaitée depuis deux ans.

— J'aurai, de cette façon, dit-elle en finissant, plus de courage pour attendre.

Attendre! c'était la question brûlante, mais Diane se serait bien gardée de l'aborder. Elle connaissait trop l'honnêteté de Lucien pour l'entretenir d'espérances, basées sur la maladie et la mort. C'était à elle, à elle seule que revenait le soin d'être veuve le plus tôt possible. Du reste, nous l'avons précédemment expliqué, elle reconnaissait depuis quelques semaines l'inutilité de ses efforts, elle se voyait mariée pour longtemps, et elle se désespérait. Triste résultat inutile à divulguer.

Lorsqu'elle eut répondu à toutes ses questions, elle exigea qu'à son tour il lui rendît compte de sa conduite depuis deux ans; elle voulut être initiée à ses travaux, à ses espérances d'avenir. Il obéit, et l'espèce de fascination qu'elle exerçait sur lui depuis son arrivée était si grande qu'il ne craignit pas de l'entretenir des relations renouées avec la famille de mademoiselle de Rioux. Il en parla, sans crainte, sans hésitation, comme de la chose du monde la plus naturelle, car depuis l'arrivée de Diane, il n'avait plus conscience de la grande sympathie que lui inspirait, une heure auparavant, la protégée de sa mère. Madame de Séry le blâma doucement, gracieusement, de ces relations qui, disait-elle, étaient une petite infraction à leur traité, mais elle ne voulut point paraître attacher à cet aveu plus d'importance qu'il n'en attachait lui-même.

— Et maintenant, continua-t-elle, sans le laisser s'arrêter, que faites-vous, à quels travaux vous livrez-vous ? Quelle était votre occupation cette nuit, lorsque je suis entrée dans votre cabinet ? Je veux tout savoir.

Elle s'était avancée vers le bureau de Lucien, s'était assise sur son fauteuil et feuilletait ses papiers.

— En ce moment, répondit-il, je prépare un travail qui peut avoir une grande influence sur mon avenir. Si j'arrive à éclairer une affaire encore environnée de ténèbres, à persuader le jury qu'il doit punir un grand criminel, en récompense du service que je rendrai à la société, je serai probablement nommé avant peu procureur impérial.

— De quel coupable et de quelle affaire parlez-vous ? demanda Diane.

— D'un empoisonnement dont s'occupe en ce moment tout le département, je pourrais dire toute la France.

— Ah ! le procès de M. X...

— En effet; il est arrivé jusqu'à vous ?

— Certainement; il faut bien, lorsqu'on vit au désert comme moi, lire de temps à autre les journaux. Mais ils ne m'avaient pas dit que vous fussiez chargé de cette affaire. Donnez-m'en un aperçu qui m'instruise avant les simples mortels. C'est bien le moins.

Il lui donna tous les détails qu'il pouvait livrer sans indiscrétion et s'appuya longtemps sur les preuves de culpabilité.

— Je suis sûr, en mon âme et conscience, dit-il en finissant, que la belle-mère de M. X... a été empoisonnée : elle l'a été par lui, et il s'est servi d'arsenic.

— Ah ! vraiment ! fit-elle, c'est donc un bon poison ?

— Excellent, répliqua-t-il en souriant de l'expression, témoin madame Lafarge.

— Oh ! rien ne prouve qu'elle ait été coupable.

— En ma qualité de magistrat, disposé à croire à l'infaillibilité de la justice, permettez-moi de soutenir qu'elle l'était. Du reste, là n'est pas la question. Il est un fait avéré : M. Lafarge est mort empoisonné par l'arsenic. Il ne faudrait pas, fit-il en riant et tout plein de son sujet, entreprendre avec moi une discussion sur ce poison. Je le connais comme si je l'avais inventé. Tenez, ajouta-t-il, en prenant dans un tiroir de son bureau différents petits paquets, voulez-vous la preuve de la conscience que je mets dans mes études ? Ces paquets renferment de l'arsenic, et je les ai tous analysés.

— Quoi ! vraiment ! fit-elle; de l'arsenic, cela !... Voyons ?

Elle prit, regarda, flaira; puis elle remit les paquets à leur place, dans le tiroir, en disant :

— Ainsi, cette petite poudre blanche suffit pour empoisonner quelqu'un ?

— Oh ! fit Lucien, il y a là de quoi empoisonner trois personnes.

— Il devrait être défendu d'avoir chez soi de pareilles choses.

— Aussi est-ce défendu, excepté toutefois aux pharmaciens.

— Et aux magistrats, paraît-il ?

— Les magistrats ne sont pas exceptés. Seulement, lorsqu'ils peuvent faire valoir des motifs sérieux pour avoir à leur disposition quelques grains de cette poudre, on leur en donne, sur leur demande écrite et sous leur responsabilité.

La question était épuisée ; Diane en aborda une nouvelle. Mais elle ne paraissait plus écouter les réponses de Lucien avec le même intérêt : peu à peu, pendant qu'il parlait, elle s'était dégantée et ses mains pendaient mollement le long de sa jupe. Son capuchon de dentelle était tombé comme par hasard, et le velours noir de la robe faisait ressortir la couleur fauve de ses cheveux, dont quelques boucles, n'étant plus retenues, erraient à l'aventure le long des épaules et du corsage. Sa poitrine renversée et presque horizontale semblait à l'étroit dans son corsage, et se soulevait par moments comme pour briser ses entraves; sa bouche était entr'ouverte, ses narines dilatées, et ses yeux à moitié fermés regardaient langoureusement Lucien.

Deux heures après, Lucien crut entendre du bruit dans la cour de la maison. Il craignit qu'un domestique trop matinal, en voyant de la lumière chez lui, n'eût l'idée d'entrer et il quitta un instant son cabinet pour aller fermer les portes qui donnaient sur la cour.

Lorsqu'il revint, Diane avait remis son capuchon de dentelle, ses gants et son manteau de fourrure.

— Quoi! déjà! lui dit-il.

— Hélas! fit-elle. Je dois être rentrée chez mon père avant qu'on soit éveillé dans la maison.

— Et je ne vous reverrai pas ?

— Si, bientôt, je l'espère... et, pour ne plus jamais te quitter, fit-elle, en se pendant à son cou.

Le souvenir de cette nuit devait être ineffaçable. Lucien se sentait maintenant assez fort pour résister à toutes les suggestions maternelles.

Trois mois après la visite qu'il avait reçue, d'Aubier apprit par la rumeur publique que madame de Séry était veuve. Cette mort prévue depuis longtemps ne pouvait étonner personne. On en parla seulement pour avoir l'occasion de s'occuper de la belle Diane qui, son deuil expiré, allait devenir un des meilleurs partis du département. On s'attendait à la voir habiter Nantes, et plusieurs familles, qui l'avaient tenue à distance lorsqu'elle était jeune fille et pauvre, apprêtaient déjà pour la riche veuve leurs plus gracieux sourires. Chacun connaissait son goût pour le luxe, son élégance, son esprit parisien, et on complotait de la retenir dans le pays, à force d'amabilités.

Au premier abord, ces espérances et ces calculs furent déjoués : le lendemain de l'enterrement de son mari, madame de Séry, accompagnée d'une femme de chambre, quitta la Sauvinière et partit en voyage.

Six mois se passèrent sans qu'elle donnât de ses nouvelles. Puis, un jour, on la vit arriver à Nantes et s'installer chez son père. Le lendemain, Lucien, prévenu par un mot, sonnait à sa porte.

— Vous m'attendiez, lui dit-elle en courant à lui.

— Oui, certes, répondit-il.

— Je ne pouvais revenir ici, au commencement de mon deuil. Je n'aurais pas eu la force de vous fermer ma porte et l'on m'aurait accusée de ne pas respecter la mémoire de mon mari, ce qui eût compromis notre avenir. J'ai préféré m'éloigner, mettre une barrière entre vous et moi et revenir seulement à l'époque où nous pourrions nous voir sans blesser aucune susceptibilité. Vous ne m'en voudrez pas, je l'espère, d'avoir sauvegardé votre position, ma réputation et nos chères amours.

Elle avait eu d'autres raisons pour s'éloigner, mais celles qu'elle donnait pouvaient passer pour bonnes et suffirent à Lucien.

— J'espère, ajouta-t-elle au bout de quelques instants d'entretien, qu'on ne fera plus d'opposition à notre mariage.

M. de Séry m'a laissé, par son testament une cinquantaine de mille francs de rente et le domaine de la Sauvinière qui es d'un bon rapport. Cette fortune est à vous Je vous l'apporte et je suis heureuse d vous l'offrir. Vous devez l'accepter, san scrupule : ne vouliez-vous pas m'épouse malgré ma pauvreté? Du reste, le non que vous me donnerez, l'honorabilité d votre famille, votre position actuelle e celle qui vous est destinée, sont l'équiva lent de ma dot. Préparez notre mariage qui peut avoir lieu, dans trois ou quatr mois, sans blesser aucune convenance

Lucien ne pouvait faire aucune objec tion à ces projets : n'avait-il pas, depui longtemps, engagé sa parole à made moiselle Bérard, et, du reste, trompé par son imagination, ne se croyait-il pas éperdûment amoureux! Il se disposa donc à préparer son mariage, suivan l'expression de la jolie veuve. Un événe ment heureux qui arriva vers cette épo que vint aplanir bien des difficultés : Lu cien fut nommé procureur impérial. I apprit en même temps que, par une faveur toute spéciale et des plus rares, il ne chan geait pas de résidence malgré son avance ment, le garde des sceaux ayant pris en considération son désir de demeurer à Nantes, auprès de sa mère trop âgée pour se déplacer.

Cependant, la position nouvelle que lui donnait sa nomination, la dot inespérée qu'on lui apportait, ne suffirent pas à convaincre madame d'Aubier de l'opportunité d'un mariage avec madame de Séry. Elle essaya encore de décider Lucien à y renoncer ; son instinct maternel semblait lui permettre de lire dans l'avenir et lui faire entrevoir des dangers dans une union qui paraissait offrir tant de garanties de bonheur. Enfin, lasse de lutter contre la passion de son fils, comprenant qu'elle serait peut-être ridicule d'opposer son autorité maternelle aux résolutions si persistantes d'un homme de trente ans, elle dut céder après avoir protesté une dernière fois en ces termes :

— Je me suis autrefois, dit-elle, élevée de toutes mes forces contre ce mariage, et aucun raisonnement, aucune pression ne m'auraient fait y consentir. J'avais alors pour agir ainsi des motifs matériels : celle que tu voulais épouser n'avait pas de dot, et toi, sans aucune espèce de fortune, tu en étais encore aux débuts de ta carrière. Aujourd'hui, la position n'est plus la même, et cependant j'ai les mêmes répugnances et les mêmes craintes qu'autrefois. Madame de Séry, j'en suis persuadée, n'est pas la femme qui te convient; tu seras malheureux avec elle. C'est, à mon sens, commettre une grande faute, que de renoncer, pour elle, à la main de cette pauvre Marie, si désolée depuis ton abandon. Mais là n'est pas la question. Si mademoiselle de Rioux n'existait pas, ta veuve n'en serait pas moins effrayante, et cette fois, sans m'opposer à ton mariage avec elle, je te supplie de réfléchir. Il s'agit de ton bonheur et de ta vie.

Lucien réfléchit-il comme sa mère l'en avait prié? On pourrait en douter, car il résolut d'épouser madame de Séry.

Quant à celle-ci, son mariage avec Lucien devait aussi rencontrer des obstacles. Ils ne venaient plus de M. Bérard; Diane lui remettait sans cesse de l'argent pour perfectionner la fameuse hélice et il regardait maintenant sa fille comme une espèce d'oracle. Ils allaient venir de Lami, plus amoureux, plus passionné que jamais. Déjà, lorsque après la mort de M. de Séry, Diane s'était résolue à voyager, son intendant avait voulu la suivre, et pour le décider à rester au château de la Sauvinière, elle avait dû déployer toute son éloquence.

— Nous ne pouvons pas abandonner tous les deux à la fois cette propriété, lui avait-elle dit. Quelqu'un doit s'en occuper et la gérer. Je vous confie ce soin et je compte sur vous. Quant à moi, j'ai besoin d'air, de mouvement, de liberté après cet esclavage de plus de deux années, et je pars. Mais je reviendrai bientôt et nous aurons beaucoup à causer.

Elle dit cette dernière phrase de façon à flatter les espérances de l'intendant, et elle obtint ainsi, au prix d'une sorte de promesse tacite, le répit de six mois dont elle avait besoin. Son voyage terminé, elle s'était fixée à Nantes et elle évitait les persécutions de Lami; mais pensant qu'il était dangereux de le fuir plus longtemps, elle résolut de faire une courte apparition à la Sauvinière et de porter le coup de grâce à son régisseur.

D'abord, il refusa de croire aux projets de mariage dont elle était venue lui parler.

— C'est impossible, dit-il, vous voulez m'éprouver.

Lorsqu'il ne lui fut plus permis de douter, il entra dans une colère terrible qui, pendant un instant, l'empêcha de s'expliquer. Enfin, il s'écria :

— Non, ce mariage ne se fera pas. Il ne peut pas se faire !

— Pourquoi demanda-t-elle.

— Parce que je vous aime ! Vous le savez bien, vous avez encouragé mon amour !...

— Moi, fit-elle, en prenant un air innocent? Si j'avais commis cette faute, je vous en demanderai pardon, mais ce serait alors sans m'en être aperçue.

— Ah! vraiment ! reprit-il en élevant la voix ; sans vous en être aperçue. C'est trop fort ! Mais tout vous le disait, cet amour; tout vous le criait sans cesse, et au lieu de me bannir de votre présence, de me chasser pour mon audace, vous me gardiez chez vous, vous me receviez à votre table, vous viviez avec moi dans une intimité continuelle. Un jour, je n'ai plus eu la force de me taire et vous m'avez dit : « Patience, du courage, attendez ! » Et vous n'appelez pas cela m'encourager ! Me prenez-vous pour un imbécile dont il soit possible de se jouer pendant trois années, pour s'en débarrasser ensuite avec de belles paroles? Non! non! Vous m'avez donné des droits sur vous et je veux en user !

— Des droits ? dit-elle.

— Oui, des droits ! en encourageant mon amour comme je viens de vous le prouver ; des droits, en faisant de moi votre complice.

Ce mot de complice la fit pâlir malgré l'empire qu'elle avait sur elle-même, et, comme elle voulait savoir ce que Lami entendait au juste par cette expression, elle la répéta, à deux reprises, en se récriant.

— Oui, dit-il, vous avez fait de moi votre complice, en me forçant à assister à la lente agonie de votre mari. Le jour où je parlerai, où je raconterai ce qui s'est passé ici pendant deux années, je vous perdrai dans l'opinion publique !

Ces mots, l'opinion publique, n'effrayèrent pas madame de Séry. Si Lami les employait dans l'état de colère où il se trouvait, c'est qu'il n'en avait pas de plus expressifs à son service; il venait de donner la mesure exacte de ses forces. Mais ces propos étaient inutiles et dangereux au point de vue du mariage projeté; ils pouvaient augmenter l'hostilité de madame d'Aubier, et nuire plus tard à la considération de Lucien. Diane devait surtout calmer l'irritation de Lami, et, par d'adroites concessions, le décider à prendre son mal en patience. Pour y parvenir, il fallait faire usage, tout à la fois, de fermeté et de souplesse; elle n'était pas embarrassée.

— Eh bien! dit-elle d'un air dégagé, sans paraître attacher la moindre importance aux menaces de son intendant, vos bavardages et vos perfidies ont porté leur fruit; vous avez nui à ma considération auprès de quelques habitants de la ville et de la campagne. En êtes-vous plus avancé? Vous vous êtes surtout, il me semble, nui à vous-même, auprès de moi, et si j'étais, par impossible, touchée de votre amour, si je songeais à le récompenser, serais-je encore tentée de vous être agréable ?

Ces dernières paroles, où perçaient de nouvelles promesses, le radoucirent et il répondit d'une voix plus calme :

— Jusqu'à ce jour, je vous ai été tout dévoué ; à quoi cela m'a-t-il servi ?

— A vous conserver, répondit-elle, malgré vos violences, mes bonnes grâces et toutes mes sympathies.

— Oh ! s'écria-t-il, il ne s'agit plus de bonnes grâces et de sympathies. Il s'agit de mon amour et c'est vous en moquer que de venir m'annoncer votre mariage.

— M'avez-vous donc condamnée à rester veuve ?

— Non, mais...

— Mais, continua-t-elle, c'est vous que je devrais épouser, n'est-ce pas ? Voyons, avouez-le, soyez franc !

— Eh bien ! Oui. Pourquoi pas ?

— Pourquoi pas ? Je vais vous le dire ; je serai franche aussi. Devenue riche, grâce à mon premier mariage, j'ai soif maintenant de considération et je veux une position dans le monde, comme j'ai voulu la fortune. Cette position, vous ne pouvez pas me la donner ; je ne vous épouse pas et je ne vous épouserai jamais.

— Pourquoi, dit-il, m'avoir fait espérer...

— C'est faux ! s'écria-t-elle, jamais je ne vous ai fait espérer le mariage !

— Le mariage, non, mais...

— Eh bien, je ne vous défends pas d'espérer !

— Vous n'aimez donc pas celui que vous allez épouser ?

— Peu vous importe !

Elle s'arrêta, mais il avait cru comprendre.

Elle promit de venir, après son mariage, mais seulement après son mariage, pour être sûre de Lami jusque-là, passer, de temps à autre, quelques heures à la Sauvinière, sous le prétexte, très plausible, de s'occuper de ses affaires. Lucien ne voudrait certainement pas, dans les premiers temps, l'accompagner dans cette propriété encore imprégnée du souvenir de M. de Séry et elle jouirait d'une liberté entière.

Ainsi, au point de vue de son amour, Lami n'aurait pas à se plaindre. Quant à ses intérêts, qu'en sa double qualité d'ancien paysan et de parvenu, il ne pouvait absolument oublier, Diane lui promit de lui conserver l'intendance de ses biens et de lui assurer, pour l'avenir, une excellente position. En même temps, elle lui faisait aussi sentir, avec une délicatesse extrême, mais avec une fermeté non moins

grande, qu'à la moindre indiscrétion, à la plus petite menace, au moindre éclat, et sans s'inquiéter des conséquences, elle reprendrait sa liberté, comme femme et comme châtelaine.

Lami, après avoir encore essayé de résister, comprit qu'il était sage d'accepter la situation qu'on lui proposait. Si elle ne satisfaisait pas entièrement ses désirs, elle était, du moins, fort enviable et il eut l'esprit d'en convenir.

Rien ne s'opposant plus au mariage de Lucien et de Diane, il eut lieu à l'église Saint-Pierre, dix mois environ après la mort de M. de Séry ; il fut des plus brillants, l'évêque officia et presque toute la ville de Nantes voulut assister à cette cérémonie.

Deux années s'écoulèrent, deux années pendant lesquelles l'existence des deux amants ne fut traversée par aucun fait digne d'être relaté. C'est seulement dans la troisième année de leur mariage qu'il commence à être intéressant d'analyser ce qui se passait en eux.

Et d'abord, l'amour de Diane pour Lucien est-il toujours aussi vif qu'autrefois ? Oui, et il l'est peut-être même davantage. Nous ne nous étions pas trompé, lorsque, dans la première partie de cette étude, devançant les événements, nous assurions que l'imagination de Diane, sans cesse excitée par la curiosité, ne saurait jamais se refroidir.

En effet, elle a toujours été tenue en éveil, auprès de ce jeune homme froid par tempérament, réservé par nature. Diane cherche sans cesse à vaincre les résistances apportées à sa passion, et la lutte éternelle qu'elle soutient et qu'elle recommence tous les jours, renouvelle, pour ainsi dire, son amour, lui donne une vigueur, une jeunesse sans cesse renaissantes. Lucien, grâce à sa position présente, à l'avenir que chacun s'accorde à lui prédire, à sa façon de captiver l'attention, à ses connaissances très réelles sur toutes choses, et enfin à sa bonne mine, possède aussi toutes les qualités propres à séduire l'esprit d'une femme et à lui monter la tête, suivant l'expression vulgaire, mais exacte.

Diane est donc plus amoureuse que jamais de Lucien.

Et lui, l'aimait-il autant ? Ce n'était point probable. Diane devait avoir perdu à ses yeux son prestige de femme mariée et de femme légitime ; si une maîtresse peut se dispenser d'inspirer le respect, l'époux doit, au contraire, y prétendre, et certains souvenirs le rendaient impossible.

En même temps d'Aubier, en épousant madame de Séry, avait cru trouver une compagne digne d'être initiée à ses travaux, et de partager avec lui le poids de la vie; il avait rêvé une amie intelligente qui serait femme seulement à certaines heures et saurait, parfois, se complaire aux choses de l'esprit.

Ses espérances furent déçues.

C'était une maîtresse qu'il avait rencontrée, une maîtresse accomplie, mais accomplie jusqu'à l'exagération, exigeante, entière, jalouse à l'excès, jalouse même des occupations de Lucien qui l'éloignaient d'elle, toujours prête à oublier qu'il faut à certains travailleurs de grands ménagements et le repos matériel et moral, apportant, en un mot, au bout de deux années de mariage, dans ses rapports avec son mari, une ardeur d'autant plus vive qu'elle n'était jamais assouvie, et qu'elle trouvait de nouveaux aliments dans la résistance constante qu'on lui opposait.

Cette situation réciproque amenait déjà, depuis quelque temps, entre eux, des scènes tous les jours plus fréquentes. Lucien ne donnait prise à aucun grief sérieux et facile à formuler, mais c'étaient de continuels reproches comme ceux-ci:

« Tu ne m'aimes plus, moi qui t'aime si
» ardemment, qui suis capable de tout
» pour toi, moi qui t'ai fait tant de sacri-
» fices ! »

Il n'attachait aucune importance à ces phrases inscrites au répertoire de toutes les femmes incomprises ou délaissées, et il ne cherchait même pas à savoir quels étaient les nombreux sacrifices auxquels Diane faisait allusion, mais il s'impatientait et s'aigrissait d'entendre éternellement le même refrain.

Il lui arrivait aussi de faire un retour sur le passé, et de se demander s'il n'avait pas commis une grande faute le jour où, ne tenant aucun compte des conseils de sa mère, il avait épousé madame de Séry, et l'avait préférée à Marie de Rioux. Il ne pouvait se défendre de songer souvent à cette jeune fille si réservée, si chaste et si pure, qui l'avait aimé et l'aimait peut-être encore.

Quelle distance la séparait de Diane! L'une était, pour ainsi dire, l'antithèse vivante de l'autre, et Lucien se plaisait à reporter sa pensée sur l'ancienne protégée de sa mère, à se réfugier, en quelque sorte, dans son souvenir. Qu'était-elle devenue? Où habitait-elle maintenant? Il l'ignorait. Il savait seulement qu'elle avait perdu son oncle et son seul protecteur, et qu'elle s'était mariée brusquement, quelques mois après, à un capitaine de navire.

Un jour, Lucien la retrouva.

Madame de Séry, nous le savons, au moment de son mariage et dans la crainte d'une esclandre, avait laissé Lami continuer à exercer ses fonctions de gérant à la Sauvinière, et elle s'était engagée à venir de temps à autre charmer par sa présence la solitude de son intendant.

Elle tint sa promesse, sans rencontrer aucune difficulté matérielle. Lucien ayant par délicatesse abandonné à Diane l'administration de sa fortune, il était naturel qu'elle se rendît souvent à la Sauvinière, où se trouvait la plus grande partie de ses propriétés. C'est à peine si d'Aubier connaissait l'existence de Lami; on lui avait bien parlé d'un intendant dont madame de Séry avait hérité de son premier mari, mais il ne s'en était pas plus inquiété que d'un serviteur ordinaire.

Peut-être, s'il l'avait vu, s'il avait remarqué sa jeunesse et sa bonne mine, eût-il trouvé à redire aux fréquents voyages de Diane, et se serait-il permis, non pas des soupçons (il n'aurait jamais fait l'injure à sa femme de la croire en coquetterie avec un rustre de cette sorte), des conseils amicaux sur la nécessité de ne pas donner prise aux calomnies. Mais Lami ne s'était jamais présenté chez d'Aubier et ne venait même pas à Nantes; quant à Lucien, il ne croyait pas encore le moment arrivé de se rendre à la Sauvinière. Un homme meurt; on aimait sa femme, on l'épouse sans scrupules; on en met davantage à prendre possession de la fortune qu'il a laissée. On hésite, surtout lorsqu'on a l'âme délicate, à venir habiter la maison où le premier mari est mort et qui est encore pleine des souvenirs de son règne et de ses amours passées.

Diane, sans faire naître aucun soupçon, avait donc été entièrement libre de se rendre aussi souvent qu'elle l'avait voulu à la Sauvinière. Mais, phénomène à noter, elle avait usé plus largement de cette liberté pendant les deux premières années de son mariage qu'elle n'en usait maintenant. Elle était alors heureuse, et, dénuée de tout sens moral, elle trouvait naturel de faire des heureux. Quant aux remords que son infidélité aurait pu éveiller, elle s'empressait de les étouffer en se disant que c'était pour assurer le bonheur et le repos de Lucien qu'elle le trompait.

Si elle avait pu l'épouser, n'était-ce pas grâce à l'espèce de concours tacite autrefois prêté par Lami et aux concessions qui en avaient été la récompense?

Pourquoi ne pas l'avouer, du reste, puisque nous nous sommes donné mission d'analyser tous les égarements d'un esprit maladif, d'une âme gangrénée, l'imagination ardente de Diane trouvait une satisfaction dans la trahison à laquelle elle se livrait. Pour cette femme chez qui l'amour était l'unique but, l'unique mobile de la vie, il y avait une saveur particulière dans le partage qu'elle faisait ainsi de son cœur. Les deux privilégiés avaient des natures si différentes, offrant de tels contrastes !

Plus d'une année s'écoula de la sorte, et Lami eût été mal inspiré de se plaindre. Devenu le véritable propriétaire de la Sauvinière, il y tranchait en maître et avec un manque de tact, très naturel chez ce parvenu ; il ne craignait pas d'occuper l'ancien appartement de M. de Séry et d'y recevoir les fermiers et les fournisseurs. Son amour avait en même temps toutes les satisfactions désirables : deux ou trois fois par mois, quelquefois davantage durant l'été, une femme jolie et élégante descendait à la porte du château, montait le perron, et, sous le prétexte d'examiner des comptes, de signer des baux, de régler des questions d'intérêt, elle s'enfermait plusieurs heures avec son intendant. Celui-ci cependant ne s'estimait pas encore assez heureux : il lui arrivait de trouver les visites de Diane trop rares et de la quereller au sujet de son mari. Elle promettait alors de venir plus souvent et faisait l'éternel serment de toutes les femmes mariées à leurs amants : « Je vis avec mon mari comme avec un étranger, nous demeurons dans des appartements séparés, etc. »

Le beau Lami daignait alors s'apaiser et continuait à filer des jours heureux.

Mais lorsque l'amour de Lucien faiblit, lorsque Diane s'aperçut de ce refroidissement, elle diminua le nombre de ses voyages à la Sauvinière. Bientôt même elle les fit, à son corps défendant, par crainte de Lami.

Suivant certaines personnes, le contraire aurait dû arriver. Nous pensons autrement : Diane devait prendre plaisir à infliger à son amant les souffrances qu'elle éprouvait et ressentir un secret contentement à se faire adresser par lui les reproches qu'elle adressait à Lucien.

Puis, l'intendant ne parvenait pas à calmer son cœur souffrant et blessé. Elle s'irritait de trouver tant d'ardeur chez l'homme qu'elle n'aimait pas, et d'en trouver si peu chez celui qu'elle aimait. Les qualités de l'un semblaient exister seulement pour accentuer davantage les défauts de l'autre et les souligner aux yeux de la principale intéressée. Enfin, Lami en était arrivé à lui produire l'effet qu'elle produisait elle-même sur Lucien ; elle le connaissait trop, elle le lisait à livre ouvert.

A l'époque où notre récit est arrivé, elle allait donc à la Sauvinière, deux ou trois fois par mois, à peine. L'hiver, elle prenait le train de neuf heures trente-cinq minutes du matin qui la mettait à Donges vers onze heures, elle traversait la Loire sur un petit bateau à vapeur surnommé la *Noyade* par les gens du pays et arrivait à Paimbœuf vers midi, pour se rendre aussitôt chez elle, dans un cabriolet de louage, ou dans une voiture que Lami lui envoyait lorsqu'il était prévenu. Après avoir déjeuné avec lui et examiné ses comptes à loisir, elle reprenait d'ordinaire vers quatre heures la route parcourue le matin et rentrait à Nantes pour dîner avec Lucien.

L'été, elle préférait se lever plus tôt et monter à sept heures dans le bateau à vapeur qui descend la Loire et conduit directement à Paimbœuf. Elle se dispensait même parfois d'aller jusqu'à cette ville ; Lami, à qui elle avait écrit la veille, venait l'attendre dans une barque, à l'heure où le bateau passait devant la Sauvinière. Le vapeur stoppait ; Diane descendait dans la barque et se trouvait rendue dans sa propriété vers les dix heures si la marée avait été favorable, à onze heures s'il avait fallu lutter contre le flot.

Elle avait pris le bateau du matin, un jour de mai 187., lorsque Lucien, en dépouillant son courrier, reconnut l'écriture de son beau-père qui se trouvait en ce moment à Paris, et sur la santé duquel Diane avait, la veille, manifesté des craintes.

« Elle regrettera, se dit-il, de s'être absentée, elle attendait cette lettre avec tant d'impatience ! Si je la lui faisais parvenir à la Sauvinière ; ne m'a-t-elle pas assuré qu'en prenant le train de neuf heures et demie et le bateau de Donges, on arrivait souvent à Paimbœuf avant le vapeur parti de Nantes le matin ? »

Pendant qu'il se consultait ainsi, le soleil, caché jusque-là par les brouillards si fréquents sur la Loire, brilla tout à coup et l'inonda de ses rayons :

« Quelle belle journée se prépare ! se dit encore Lucien. Si j'en profitais pour aller porter moi-même cette lettre ; j'ai bien le droit de prendre un congé ; je n'en abuse pas. Justement je n'ai aucune affaire aujourd'hui, au Palais. Si j'arrive trop tard à Paimbœuf pour y rencontrer Diane, pourquoi ne me rendrais-je pas à la Sauvinière ? Il serait temps de jeter un coup d'œil sur cette propriété, et les raisons qui m'ont empêché de la visiter jusqu'à présent n'existent plus. Allons ! ajouta-t-il en repoussant les dossiers étalés sur son bureau, c'est décidé, je rejoins ma femme. Cet empressement à lui plaire me vaudra peut-être un bon point ; depuis longtemps je n'en ai pas mérité. »

Il sonna son valet de chambre, s'habilla et put arriver à la gare de la Bourse pour le départ du train.

Cette école buissonnière, cette superbe matinée de printemps, la vue du magnifique paysage qui se déroulait devant lui, l'avaient en quelque sorte rajeuni, ragaillardi. Seul dans son compartiment de première classe, il courait d'une portière à l'autre pour admirer tantôt la campagne, tantôt la Loire, couverte de navires. C'était une véritable joie d'enfant bien naturelle chez un homme qui pâlissait toute l'année dans son cabinet ou au tribunal sur son siége.

A Savenay, le convoi s'arrêta quelques instants pour attendre le train qui vient de Redon et de Rennes prendre les voyageurs à destination de Saint-Nazaire, et descendre ceux qui vont à Vannes, à Lorient et à Brest.

La tête à la portière, Lucien regardait machinalement ce qui se passait sur le quai de la gare, lorsque tout à coup un groupe de trois personnes attira son attention. Il se composait d'une jeune femme en grand deuil, d'une bonne tenant dans ses bras un petit garçon, et d'un employé du chemin de fer portant un sac de nuit.

Ils s'approchaient à grands pas du compartiment occupé par Lucien d'Aubier, et celui-ci, sans qu'on pût encore le voir, les regardait avec étonnement.

— Tenez, madame, dit l'employé, vous serez très bien dans ce compartiment, il est vide.

— Mais non, il n'est pas vide. Il y a un monsieur, dit la bonne.

La dame en noir, sur cette observation, parut vouloir se diriger vers un autre wagon. Mais Lucien mit la tête à la portière, et dit d'une voix émue.

— Vous pouvez monter, madame, je ne vous gênerai pas.

Au son de cette voix, en reconnaissant d'Aubier, la voyageuse poussa un cri et sembla prête à se trouver mal. L'employé vint apporter une heureuse diversion à cette scène.

— Allons, madame, dit-il, le train va partir; vous ne pouvez plus choisir votre voiture. Il faut monter dans celle-ci.

En même temps, il ouvrait la portière. La dame dut obéir.

La personne dont l'arrivée venait de surprendre si brusquement Lucien, et qui elle-même avait éprouvé une émotion si vive, n'était autre que Marie de Rioux.

En pénétrant dans le wagon, elle avait recouvré un peu d'assurance, et elle s'était bravement assise en face du procureur impérial pour ne point paraître le fuir, mais en même temps elle avait retiré son enfant des bras de la bonne et l'avait placé sur ses genoux afin de se donner une contenance.

Ils se regardaient en silence, à la dérobée, depuis un instant, lorsque Lucien, pour ne pas prolonger l'embarras de cette situation, prit la parole.

— Vous êtes en deuil? dit-il.

— Oui, de mon mari, fit-elle à voix basse.

— Ah! Je ne savais pas. Pardon!

Elle reprit vivement pour ne pas laisser tomber la conversation, pour dire quelque chose, pour parvenir à dominer son émotion.

— En m'épousant, il m'avait promis de ne plus voyager, de se fixer à Saint-Nazaire, et d'accepter une position dans le port; mais il paraissait si malheureux de ne plus courir les mers, il jetait des regards si désolés sur les navires qui mettaient à la voile, que je finis par consentir à un nouveau voyage. Hélas! j'ai été bien mal inspirée : pendant une tempête dans le golfe du Mexique, il a été enlevé du pont de son navire par un coup de mer, et le temps était si mauvais que l'équipage n'a pu le secourir. Il m'a laissé ce cher petit enfant, ajouta-t-elle en essuyant une larme, et si vous me voyez envoyage avec lui, c'est que je viens de le conduire passer quelques jours à Rennes, chez son grand-père. Maintenant, nous retournons à Saint-Nazaire; M. Berthauld y avait acheté une maison où je me suis retirée.

Pendant qu'elle parlait ainsi, il la regardait avec recueillement et tout leur passé lui remontait au cœur. Il la revoyait, par la pensée, dans le salon de son oncle, s'inclinant, le soir, lorsqu'il entrait, et se cachant bien vite, pour dissimuler sa rougeur, derrière l'ouvrage de tapisserie qu'elle tenait à la main. Il se rappelait les bonnes paroles autrefois échangées entre eux, à l'abri du piano, tandis qu'elle jouait sa valse préférée et qu'il tournait les feuillets de la musique. Ne s'était-il pas indignement conduit en interrompant tout à coup ses visites? C'était par honnêteté qu'il les avait cessées, lorsqu'il avait revu madame de Séry et ressoudé la chaîne de souvenirs qui l'attachaient à elle. Mais, n'aurait-il pas dû se demander si son départ inattendu n'allait pas faire cruellement souffrir cette jeune fille qui lui avait donné son cœur, et qui, plus délicate que lui, ne le reprenait pas? Il n'avait, il est vrai, contracté aucun engagement envers elle; il ne l'avait pas demandée en mariage; mais ses visites répétées, ses attentions, ses regards, n'auraient-ils pas dû l'engager aussi sérieusement qu'une demande en règle?

Elle s'était mariée quelque temps après lui, par dépit peut-être, et aussi parce que, orpheline, sans fortune, il lui fallait un protecteur, un appui dans la vie. Mais plusieurs propos rapportés à Lucien, l'émotion dont elle n'avait pas été maîtresse en le revoyant, son attitude, son regard attendri, sa voix à demi-voilée, ne disaient-ils pas suffisamment qu'elle l'avait aimé et qu'elle l'aimait peut-être encore ?

Tout en ouvrant son âme à ces pensées, en respirant ces parfums, il admirait ce ravissant visage autrefois dédaigné, ces grands cils noirs qui semblaient destinés à voiler la vivacité du regard, cette bouche d'enfant vermeille et pure, cette peau un peu brune, mais si fine qu'on la voyait pour ainsi dire frémir à toutes les sensations, à toutes les impressions ; il admirait cette taille à laquelle ni le temps ni la maternité n'avaient rien ôté de sa grâce, et ce buste qui semblait appartenir à une jeune fille, ce buste de vierge.

— Nous voici arrivés, dit-elle tout à coup, après avoir regardé à la portière.

— Où donc ? demanda Lucien.

— Mais, à Saint-Nazaire.

— Comment, à Saint-Nazaire ! Alors, j'ai passé Donges.

— Depuis longtemps. Vous y alliez ?

— J'allais à Paimbœuf, et c'est à Donges que je devais m'arrêter. Mais j'ai oublié...

Elle l'interrompit en lui disant :

— Il est facile de tout réparer. Dès que nous serons entrés en gare, vous descendrez de voiture sans perdre un instant, vous traverserez le quai dans la direction des Transatlantiques, et vous vous ferez indiquer le bateau à vapeur qui part tous les jours, à midi, de Saint-Nazaire pour Nantes, en touchant à Paimbœuf. C'est un retard d'une heure à peine et si vous n'êtes pas pressé...

— Oh ! je ne le suis pas, répondit-il vivement.

Au même instant, le convoi s'arrêta, et comme il voulait aider madame Berthauld à descendre :

— Ne vous occupez pas de moi, lui dit-elle. Il est midi moins le quart. Vous n'avez que le temps de courir au bateau.

— Eh bien ! je le manquerai, fit-il.

Comme elle avait déjà mis pied à terre, il voulut au moins prendre soin du petit enfant, et l'emporta dans ses bras.

Lorsqu'ils furent sortis de la gare :

— Adieu maintenant, dit-elle, et désignant un point à gauche, voilà votre chemin.

— Adieu, répéta-t-il, après avoir embrassé l'enfant et sans oser tendre la main à la mère, qu'il se contenta de saluer.

Il fit deux ou trois pas, et, se retournant tout à coup, il revint brusquement vers madame Berthauld et lui dit, d'une voix brève, émue :

— Rien ne me force à me rendre aujourd'hui à Paimbœuf. Permettez-moi de vous faire une visite, dans la journée, lorsque vous vous serez reposée et avant mon départ pour Nantes.

Elle rougit, pâlit, un combat sembla se livrer en elle, enfin elle lui dit :

— Je ne puis pas fermer ma porte à un voyageur perdu dans une ville qu'il ne connaît pas. Je ne dois pas surtout oublier que sa mère m'a reçue bien des fois. Venez donc puisque vous le voulez ; je vous attendrai avec mon fils. J'habite une petite maison isolée, entourée de jardins, sur la route du Croisic, à quelques pas de Saint-Nazaire. Pour le moment, quittons-nous, ajouta-t-elle en souriant. On s'étonnerait de me voir revenir ici, après une absence de trois semaines, au bras d'un étranger. Au revoir.

Il la salua, et tandis qu'elle faisait placer ses bagages sur l'omnibus du chemin de fer, il s'éloigna dans la direction des quais.

Il avait besoin de mouvement, d'air, de solitude pour calmer son émotion, se recueillir et savourer à l'avance le plaisir qu'il allait éprouver à se retrouver avec cette charmante jeune femme, aux traits empreints de tant de douceur, à la voix si sympathique et si tendre, et qui répandait autour d'elle comme un parfum d'honnêteté et de chasteté.

Ah ! il le reconnaissait maintenant, c'était elle qu'il aurait dû épouser. Elle eût été la compagne fidèle, l'intelligente amie qu'il avait rêvée sans la pouvoir trouver. C'était la femme qui convenait à son caractère calme, à son cœur avide de tendresse et d'affection douce. Elle lui aurait sans doute donné quelque bel enfant qu'elle élèverait maintenant sous ses yeux. Elle lui aurait surtout apporté le bonheur, tandis qu'il n'avait trouvé auprès de Diane Bérard que l'ivresse des sens.

Tout entier à ces pensées, il parcourait au hasard Saint-Nazaire, sans prendre garde à cette petite ville, ou plutôt à cette grande ville à l'état d'ébauche : il n'aurait peut-être pas même songé à déjeuner si, en passant sur le quai, devant l'hôtel de la Marine, un bruit de couverts et d'assiettes n'avait attiré son attention.

« Tiens, c'est vrai, je n'ai pas déjeuné », se dit-il ; et il alla, par acquit de conscience plutôt que par besoin, s'asseoir à la table d'hôte.

Une heure après, il se présentait devant la demeure que Marie lui avait indiquée et demandait madame Berthauld. La servante qui vint lui ouvrir, une exilée du Bourg de Batz ou du Croisic, car elle portait le bonnet si pittoresque de ces contrées, lui fit traverser un petit jardin admirablement tenu, et où se mêlaient les arbres fruitiers et les fleurs. Au fond et abrité des vents d'ouest par deux beaux magnolias, se dressait une maison de modeste mais de gracieuse apparence, toute tapissée de glycine et de lierre.

On lui ouvrit une porte et il pénétra dans un de ces intérieurs dont quelques femmes ont seules le secret. Tout y respire l'ordre, le goût et l'honnêteté. Tout y est en place, tout y reluit, tout y brille. On n'y voit pas de ces grands fouillis qui plaisent tant aux artistes, mais on trouve dans certains arrangements, un goût, un charme, une harmonie, que l'art lui-même ne saurait désavouer.

Il attendit un instant dans le salon et elle parut tenant dans ses bras son fils. Elle le rejoignit, lui tendit, cette fois, franchement la main et lui dit de s'asseoir.

Ils causèrent longtemps, de tout et de rien, parlant pour parler, et sentant l'un et l'autre qu'ils auraient des choses plus intéressantes à se dire.

Enfin ce cri échappa à Lucien :

— Ah ! que je serais heureux ici !

— N'êtes-vous pas heureux là-bas ? demanda-t-elle vivement, sans prendre garde au danger de cette question et oubliant la promesse qu'elle s'était faite de ne pas aborder certains sujets.

— Non, je ne suis pas heureux, répondit-il, se levant; et, tout en marchant dans le salon avec une certaine agitation, il ajouta brusquement : C'est vous que j'aurais dû épouser; j'ai commis une faute, j'en suis puni; pardon !

Elle garda un instant le silence, savourant, pour ainsi dire, les paroles qui venaient d'échapper à Lucien. Puis elle marcha vers lui, l'arrêta dans sa course et lui dit d'une voix vibrante, avec un éclair dans le regard :

— Vous l'aimiez bien, pourtant !

— Non, je ne l'aimais pas, s'écria-t-il, j'ai cru l'aimer et aujourd'hui je sens que je ne l'aime pas. Ah ! je m'étais juré de ne jamais dire cela... Oui, je me l'étais juré... Lorsqu'on commet une faute, on doit en supporter courageusement les suites... Je me refusais le droit de m'avouer à moi-même que j'étais malheureux... mais en vous voyant, ma fermeté a disparu, mon cœur s'est attendri... je parle et je... pleure, tenez, je pleure.

Elle vint à lui doucement, lui posa la main sur l'épaule, et lui dit :

— Vous n'avez pas d'enfants ?

— Hélas! non, répondit-il, je n'ai pas ce bonheur.

Elle se retourna, se baissa vers son petit garçon qui jouait sur le tapis, le prit dans ses bras et le portant à Lucien :

— Aimez celui-là, dit-elle.

Il prit l'enfant, le regarda et le couvrit de caresses.

La glace était rompue; ils n'avaient plus besoin de causer entre eux de banalités. Ils purent se dire tout ce qu'ils avaient sur le cœur. Sûre d'elle, forte de son honnêteté, préservée de tout danger par cette seule pensée que Lucien était marié, et que toute espérance leur était interdite, elle ne craignit pas de parler du passé, de ses rêves de jeune fille, de sa douleur le jour où elle les avait vus s'envoler. Elle ne fit pas de reproches, elle constata seulement ses souffrances, avec une délicieuse chasteté d'expressions. Elle dit les raisons qui l'avaient bientôt forcée à se marier à son tour, lorsqu'elle aurait voulu rester fille toute sa vie. Elle dépeignit en quelques traits M. Berthauld : un homme simple, bon, loyal. Elle ne l'aurait jamais aimé: mais, peu à peu, elle s'attachait à lui et sa mort lui fit un grand chagrin. Maintenant sa vie était finie, mais celle de son fils commencerait bientôt, et elle comptait se consacrer entièrement à l'éducation de cet enfant.

Lucien dit à son tour ses espérances déçues : sans toucher à certaines questions qu'on ne peut aborder avec une honnête femme, il expliqua qu'il n'y avait entre Diane et lui aucune communauté d'idées, aucune sympathie sérieuse, et qu'il se sentait gêné auprès d'elle, mal à l'aise.

— On dirait, ajouta-t-il en souriant, car l'image était un peu forte et il s'en rendait compte, qu'il existe entre nous un secret, presque un crime.

A cinq heures, ils durent se séparer.

— Pourrai-je vous revoir ? demanda Lucien.

— Si le hasard vous conduit à Saint-Nazaire, répondit-elle, venez savoir comment se porte ce cher petit enfant qui paraît déjà vous aimer, et prendre des nouvelles de la mère... votre sœur, ajouta-t-elle. Mais vos occupations ne vous permettront pas de revenir ici et nous pouvons nous dire adieu.

— Oh ! non, s'écria-t-il, en lui serrant la main, au revoir !

Il reprit, à travers la campagne, le chemin parcouru quelques heures auparavant. La journée avait tenu les promesses du matin, promesses qui l'avaient décidé à quitter ses travaux habituels : dans le ciel, on ne voyait aucun nuage; au loin la mer reluisait comme un miroir ; tout semblait reverdir au souffle du printemps; l'air attiédi, imprégné de violette et d'aubépine, caressait mollement la terre ; les oiseaux voltigeaient dans les buissons et poussaient des petits cris d'amour ; toutes les joies s'éveillaient sur son passage. Pour la première fois de sa vie peut-être, Lucien admirait le spectacle que donne la nature lorsqu'elle s'épanouit, après un long hiver, et il en savourait le charme. Le printemps se faisait en lui comme il se faisait sur la terre, et son âme s'abîmait dans un sentiment de bien-être ineffable.

Bientôt, hélas ! il atteignit les premières maisons de Saint-Nazaire et il dut reprendre sa vie où il l'avait laissée le matin.

En partant de Saint-Nazaire à cinq heures, Lucien n'ignorait pas que sa femme allait, suivant son habitude, monter dans le convoi à la station de Donges. Mais il n'avait pas le choix, et, du reste, il ne croyait pas devoir cacher à Diane le voyage qu'il venait de faire et dont elle avait été le prétexte. Quant à lui parler de l'emploi de son temps, c'était autre chose. Elle avait trop de dispositions à la jalousie et trop peu de délicatesse dans le cœur pour admettre la chasteté de certaines relations. Les femmes qui s'abandonnent à leur imagination et à leurs sens supposent tout le monde fait à leur image et se refusent à croire que deux êtres, jeunes et beaux, lorsque surtout ils se sont aimés, se bornent à causer de leurs anciennes amours.

Cette fois, Lucien ne laissa point passer la station de Donges sans la remarquer. Il s'empressa de se pencher à la portière, et dès qu'il vit Diane, il l'appela et descendit pour la faire monter avec lui.

— Vous ici ? dit-elle, étonnée.

— Entrez, vous allez tout savoir ; et d'abord. voici une lettre pour vous ; elle est, je crois, de votre père.

— Ah ! donnez vite.

Elle lut, fit part en quelques mots des nouvelles qu'on lui donnait, et dit en terminant :

— Cela ne m'explique pas comment je vous trouve ici?

— C'est bien simple, répondit-il. Cette lettre est arrivée ce matin, une heure à peine après votre départ; je n'ai pas voulu vous la faire attendre toute la journée, et j'ai eu idée de vous l'apporter.

— Où donc? demanda-t-elle vivement.

— Chez vous, à la Sauvinière.

— Ah ! fit-elle en rougissant.

Elle reprit aussitôt :

— Et pourquoi n'êtes-vous pas venu ?

Il raconta qu'après avoir maladroitement laissé passer la station de Donges, il était arrivé trop tard à Saint-Nazaire pour prendre le bateau. Alors il avait attendu le train de 5 heures 20, sachant qu'il la retrouverait sur la route et qu'elle aurait toujours sa lettre deux heures plus tôt.

Toute préoccupée des dangers qu'elle aurait pu courir si Lucien était arrivé inopinément à la Sauvinière, elle ne songea pas à s'étonner qu'un homme sérieux et posé eût manqué la station pour laquelle il avait pris son billet. Elle se contenta de le remercier de ses peines et ajouta, afin de se rendre compte des précautions dont elle aurait à s'entourer à l'avenir :

— Ainsi vous consentez maintenant à visiter la Sauvinière ?

— Sans doute, et dès que j'aurai un instant, si vous le permettez...

— Je le permettrai certainement, mais pas en ce moment.

— Pourquoi ?

— La maison est en complet désarroi. J'ai ordonné des réparations, et par coquetterie, ajouta-t-elle en souriant, je désire que tout soit terminé pour vous faire les honneurs de mon... je veux dire de notre castel.

— Très bien, dit Lucien, j'attendrai.

Elle se donnait ainsi quelque temps pour réfléchir aux mesures à prendre à l'égard de Lami, car elle ne pouvait se dissimuler le danger d'un séjour ou même d'une visite de Lucien à la Sauvinière. Les dernières heures passées avec son amant avaient été encore plus agitées que d'habitude : Lami s'était montré d'un despotisme et d'une jalousie achevés.

Ce n'était donc pas le moment de mettre l'amant et le mari en présence, et Diane s'était empressée de retarder l'époque où cette rencontre deviendrait inévitable. Du reste, habituée à la lutte, rompue à toutes les ruses, taillée pour le combat, avide d'émotions de tous genres, elle n'était pas femme à se laisser abattre par les périls qui l'environnaient, et elle espérait bien parvenir à les vaincre.

En calculant ainsi, elle comptait sans la passion, qui fait commettre des fautes aux plus habiles et force souvent les criminels les moins expansifs à se dénoncer.

Lucien ne pouvait avoir renoncé à se retrouver avec Marie Berthauld : cette première visite l'avait en quelque sorte reposé, assaini, et les souvenirs qu'il en avait rapportés était trop charmants pour qu'il ne désirât pas retourner le plus vite possible à Saint-Nazaire. Il ne se dissimulait pas le danger de voyages fréquents dans une ville où ses affaires ne sem- blaient pas l'appeler, mais la tentation était si forte qu'il y succomba. Il choisis- sait d'ordinaire pour ces expéditions le jour où Diane se rendait à Paimbœuf, et, tandis qu'elle allait essayer de calmer l'ardente passion que lui inspirait son mari, il courait auprès de madame Ber- thauld, se purifier de l'amour trop exalté de sa femme.

Pendant quelque temps ces voyages en partie double eurent lieu sans accident.

Un de ces hasards, qu'on ne peut ni em- pêcher, ni même prévoir, amena l'orage. Diane, un matin, faisait quelques em- plettes dans la rue Crébillon, et sortait d'un magasin pour entrer dans un autre, lorsqu'elle rencontra Desvignes.

Après les salutations d'usage, l'armateur lui dit :

— Est-ce que vous n'êtes pas allée, hier, à Saint-Nazaire.

— Non, répondit-elle, je ne vais jamais plus loin que Paimbœuf; la Sauvinière est à côté. Pourquoi me demandez-vous cela ?

— C'est tout naturel : j'ai rencontré hier votre mari à Saint-Nazaire, et j'ai supposé que vous vous y étiez rendus en- semble.

— Mon mari à Saint-Nazaire! vous fai- tes erreur.

— Pas du tout, je l'ai vu traverser la Grande-Rue vers deux heures de l'après- midi, et si je ne l'ai pas abordé, c'est que je courais au chemin de fer. Mais, ajouta- t-il, en s'apercevant un peu tard de l'effet produit par ses paroles, je me suis peut- être trompé...

Elle prit congé de Desvignes, sans le laisser s'embrouiller davantage, interrom- pit ses achats et rentra chez elle. Au bout d'une heure, à l'aide de questions habile- ment posées aux gens de la maison, elle fut au courant des faits et gestes de son mari depuis plus de deux mois, et elle acquit la preuve que toutes les fois qu'elle partait pour Paimbœuf , il s'absentait aussi.

A quelle cause attribuer une telle per- turbation dans les habitudes de Lucien ? La soupçonnait-il? Essayait-il de savoir ce qui se passait à la Sauvinière? Avait-il des rendez-vous avec quelque mystérieux agent qui venait lui faire son rapport? Ces pensées lui traversèrent l'esprit sans qu'elle s'y arrêtât, tant elles étaient in- vraisemblables. En effet, si Lucien avait des rapports à écouter, ce serait à Nantes, dans son cabinet de magistrat, qu'il rece- vrait ses agents et, au moins par dignité, par respect professionnel, il n'irait pas au devant d'eux. S'il s'agissait d'une en-

quête, il la ferait à Paimbœuf et non à Saint-Nazaire ; un bras de mer d'une lieue et demie séparant ces deux villes et les rendant presque étrangères l'une à l'autre.

Alors elle aborda un autre ordre d'i- dées : Lucien suivait à Saint-Nazaire quelque intrigue, il y était peut-être amou- reux et il avait une maîtresse ; sa froi- deur, son indifférence, s'expliquaient ain- si. Cette pensée qu'elle pouvait être trom- pée la rendait furieuse; elle ne se disait pas qu'elle avait, par sa propre conduite, donné à son mari le droit d'être infidèle. Non, sa passion ne lui permettait pas d'ad- mettre la peine du talion. Si encore il l'a- vait aimée, peut-être lui aurait-elle per- mis une trahison, mais il ne l'aimait pas, et elle l'aimait.

Elle n'était point femme à rester long- temps dans le doute, à se montrer jalouse d'un être imaginaire. Si elle était trompée, elle voulait connaître sa rivale.

Elle consacra cependant une semaine à étudier Lucien, à essayer de savoir ce qui se passait dans son esprit. Il lui parut inquiet, nerveux, agité, peu disposé au travail, encore plus détaché d'elle.

Un soir, pendant le dîner, elle lui dit :

— Quel temps, suivant vous, fera-t-il demain ?

— Je ne sais pas trop, répondit-il, en jetant un coup d'œil vers la fenêtre. Le ciel est sombre, il pourrait pleuvoir.

— Ce serait dommage, répondit-elle ; je voulais aller à la Sauvinière donner des ordres à mes ouvriers. Ils m'attendent depuis deux jours.

Il laissa tomber la conversation, mais après le dîner, il ouvrit la croisée et, après avoir regardé le ciel avec un inté- rêt qu'il ne lui avait jamais montré :

— Je pourrais m'être trompé, dit-il ; les nuages se dissipent et le vent passe au Nord. Je ne serais pas trop étonné si nous avions demain une belle journée.

— Alors, j'en profiterai, fit-elle en le re- gardant avec attention. Vous seriez bien aimable de m'accompagner jusqu'au ba- teau demain matin, à sept heures.

— Volontiers... Mais s'il pleut ? ajouta- t-il avec une expression de crainte.

— Oh ! je m'habillerai en conséquence, voilà tout. A cette époque de l'année, le mauvais temps n'est jamais beaucoup à craindre. Et puis, je vous l'ai dit, on m'at- tend.

— C'est entendu, dit-il gaiement.

A six heures et demie, le lendemain, ils quittèrent le boulevard Delorme, bras des- sus bras dessous, comme deux véritables amoureux et gagnèrent la Loire. Les nua- ges s'étaient dissipés, la journée promet- tait d'être superbe. A sept heures, au dernier son de cloche, ils se séparèrent et Diane monta sur le bateau.

Lorsqu'une demi-heure après, l'employé, qui avait fini par reconnaître en madame d'Aubier une de ses meilleures clientes, voulut lui donner son billet pour Paimbœuf, elle l'arrêta, en lui disant :

— Non, aujourd'hui je vais jusqu'à Saint-Nazaire; changez-moi cela.

Pendant qu'elle descendait ainsi la Loire, Lucien, certain d'avoir une grande journée de liberté, rentra chez lui, expédia plusieurs affaires pressées, et prit à neuf heures le chemin de fer.

A midi il était à Saint-Nazaire, dans la jolie maison de madame Berthauld et il déjeunait à sa table, entre elle et son fils.

Ils n'avaient jamais été, tous les deux, plus heureux de se revoir, plus joyeux d'être ensemble. C'étaient deux amis, deux frères qui, se retrouvant après une absence toujours trop longue, avaient mille bonnes choses à se dire. Lucien parlait de ses derniers travaux, des affaires dont il avait été chargé, de l'accusé qui était parvenu à lui inspirer de l'intérêt et qu'il avait fait acquitter, en apportant dans son réquisitoire une modération appréciée par le jury; de cet autre, contre lequel il avait sévèrement conclu, croyant en cela accomplir un devoir et débarrasser la société d'un être dangereux.

Il l'entretenait aussi de sa mère; elle lui avait abandonné sa maison du boulevard Delorme, devenue trop grande pour elle seule, et elle habitait rue Lafayette, tout près du Palais de Justice. Il la voyait chaque matin, lorsqu'il se rendait à son cabinet, et souvent même dans la journée; entre deux audiences, il trouvait moyen de passer quelques instants avec elle.

La pauvre chère femme avait maintenant les cheveux tout blancs, ce qui lui donnait un air encore plus respectable et un peu de coquetterie, car chacun se plaisait à lui dire qu'avec son regard vif ses cheveux blancs la rajeunissaient. Au moral, elle était toujours bonne et indulgente pour les personnes qu'elle aimait, sévère pour celles qui n'avaient pas su mériter ses sympathies, d'une fermeté inébranlable dans ses convictions, ne transigeant jamais avec sa conscience, et prête à sacrifier sa vie et celle des siens, si elle croyait leur honneur ou le sien intéressé à ce sacrifice.

Marie parlait de son fils, des soins qu'elle lui avait donnés, des mille petites craintes dont le cœur d'une mère est toujours plein, de ses projets d'avenir au sujet de cet enfant. Il lui arrivait aussi de consulter Lucien sur ses affaires de succession qui n'étaient pas entièrement terminées, et sur une foule de choses qu'elle ne voulait pas entreprendre sans avoir son avis. Elle avait l'âme si pure, le cœur si haut placé, et lui, il ressentait tant de respect pour elle, qu'il ne leur venait même pas à la pensée de s'inquiéter de cette intimité et de la croire dangereuse.

Le déjeuner terminé, Lucien enleva de la grande chaise d'enfant où il était assis le fils de madame Berthauld et le mit à terre après l'avoir embrassé. Le petit garçon de deux ans et le grave procureur impérial vivaient, depuis qu'ils se connaissaient, dans la plus étroite intimité. L'un abusait bien un peu de la complaisance de son grand ami; mais l'autre était si heureux des libertés qu'on prenait avec lui!

« De grâce, laissez-le faire, disait-il à » Marie qui voulait s'interposer lorsqu'elle » voyait son fils saisir à pleines mains les » favoris de Lucien et les tirer sans miséricorde, laissez-le, ça l'amuse et je vous » jure que cela m'amuse aussi. Si j'avais » eu le bonheur d'avoir un fils, est-ce » qu'il ne m'aurait pas traité de cette fa- » çon barbare? Laissez-moi me figurer un » instant que je suis père ! »

Alors il prenait l'enfant sur ses genoux, le faisait sauter en imitant le trot et le galop d'un cheval, et, tout en l'amusant de son mieux, il se plaisait à admirer ces jolis cheveux blonds naturellement frisés, ce front lisse, ces yeux à la fois doux et espiègles, ce petit nez à peine formé, cette bouche adorable d'où s'échappait un rire jeune et franc, et ces épaules replètes, ces bras et ces mains potelés, ces jambes déjà solides, ces pieds mignons, en un mot toutes les merveilles dont se compose le corps d'un petit enfant. Cet homme, privé des joies saintes de la famille, qu'il aurait si bien appréciées, se prenait au sérieux dans son rôle de père, couvrait de caresses le fils de madame Berthauld et on aurait pu le voir essuyer furtivement une larme, lorsque le petit garçon, se pendant à son cou pour le remercier de ses bontés, l'effleurait de ses lèvres.

Ils jouaient ainsi depuis quelque temps, lorsqu'on remit à Marie une lettre que venait d'apporter un matelot. Elle la lut à haute voix. Un ami de son mari, commandant un transatlantique entré la veille dans le port, lui apprenait qu'il avait recueilli, dans son dernier voyage, des renseignements sur la mort de son vieil ami et collègue le capitaine Berthauld et qu'il voudrait les communiquer à sa veuve. Retenu à son bord pour toute la journée, il la priait de s'y rendre, à moins qu'elle ne voulût attendre sa visite jusqu'au lendemain.

— Je n'attendrai certainement pas, dit-elle en finissant. Je veux avoir au plus vite ces renseignements et je vais aller voir le capitaine.

— Seule ? demanda Lucien.

— Avec mon fils. Mais, après avoir réfléchi, elle ajouta : Non, ce serait imprudent. Les planches disposées pour monter à bord sont très étroites ; la bonne peut s'effrayer et faire un faux pas ; j'irai seule.

— Pourquoi ne vous accompagnerais-je pas ? demanda Lucien.

— J'y ai songé, car je serai longtemps absente, et c'est mal de m'éloigner de vous, lorsque vous êtes à Saint-Nazaire pour moi ; mais j'aurais voulu éviter qu'on nous vît nous promener ensemble dans la ville.

— Pourquoi nous verrait-on ? Ne pouvons-nous pas gagner le bassin des trans-atlantiques par les terrains toujours déserts qui commencent près d'ici ?

— En effet, dit-elle. Allons, venez, je n'ai pas le courage de vous laisser ici m'attendre, et puis ce serait peut-être tout aussi compromettant de me rendre seule auprès du capitaine. On est quelquefois méchant dans les petites villes comme celle-ci.

Ils partirent, gagnèrent le bassin par des chemins détournés et montèrent à bord du navire où le capitaine les reçut dans la chambre des passagers.

Après une conversation assez longue, durant laquelle madame Berthauld apprit sur son mari différents détails qui l'intéressèrent vivement, ils remontèrent sur le pont, obligèrent l'officier à retourner à ses affaires, et avant de quitter le navire, un des plus beaux de la ligne, et que tous les étrangers de passage à Saint-Nazaire se font un devoir de visiter, ils se promenèrent un instant sur la dunette.

Tout à coup, au moment où ils passaient devant l'escalier qui conduit aux cabines de première classe, ils se trouvèrent en face d'une société de plusieurs personnes, auxquelles un homme de l'équipage montrait le bâtiment. Derrière elles, et profitant des explications qu'on leur donnait, sans faire partie de leur société, marchait une femme voilée qui s'arrêta subitement en apercevant madame Berthauld et Lucien.

En même temps, Lucien reconnut Diane et tressaillit.

— Qu'avez-vous ? demanda sa compagne.

— Rien, répondit-il en essayant de rester calme ; veuillez venir avec moi.

Il marcha résolûment à la rencontre de sa femme ; c'était le seul parti qu'il eût à prendre.

Lorsqu'il fut en face d'elle, il se retourna vers Marie et dit à haute voix :

— Madame, permettez-moi de vous présenter ma femme, et s'adressant à celle-ci : Ma chère amie, ajouta-t-il, je vous présente madame Berthauld.

— Oh ! j'ai parfaitement reconnu madame, dit aussitôt Diane dont une violente colère contractait les traits et voilait la voix ; n'ai-je pas eu l'honneur de la rencontrer, maintes fois, aux bains de mer et à Nantes ? et, du reste, ajouta-t-elle sans pouvoir se contenir davantage, le bruit de ses amours ne l'a-t-il pas signalée depuis longtemps à mon attention ?

— Oh ! fit marie.

— Qu'avez-vous donc, madame ! reprit Diane ; je parle de vos amours avec mon mari ; il me semble que si quelqu'un a le droit d'y faire allusion, c'est moi !

Comme madame Berthauld allait répondre, Lucien l'arrêta en disant sévèrement à sa femme :

— Je ne vous ai pas présenté madame pour que vous vous permettiez de lui parler de la sorte.

— Vraiment ! s'écria-t-elle. Vous oubliez, mon cher, que cette présentation était obligée. Ah ! l'on vous croit à Nantes, au tribunal ou dans votre cabinet, et vous vous promenez à Saint-Nazaire, bras dessus bras dessous avec...

— Taisez-vous, dit Lucien en l'interrompant, je vous prie de vous taire ; et se tournant vers Marie : Madame, lui dit-il, je vais avoir l'honneur de vous reconduire chez vous.

— C'est cela, s'écria Diane, on me laisse seule, à bord de ce navire, moi, la femme légitime et on accompagne...

Elle allait, sans doute, arrivée au paroxisme de la colère, prononcer le mot de maîtresse. Lucien, qui le craignait, l'interrompit encore en lui disant :

— Rien ne vous empêche de venir avec nous, et je vous accompagnerai aussi. Mais je ne puis pas quitter madame qui m'a fait l'honneur de sortir avec moi, tant que je ne l'aurai pas reconduite chez elle. Je ne pouvais pas deviner, ajouta-t-il, que je vous trouverais sur ce navire.

— Evidemment, fit-elle, sans quoi vous vous seriez mieux cachés tous les deux et vous ne seriez pas sortis de la maison où vous vous enfermez depuis deux mois. Je la connais, elle est bien située et tout à fait solitaire. Ah ! j'ai eu de la peine à vous découvrir, mais j'y suis arrivée !

— Venez, madame, dit Lucien à Marie, sans répondre à sa femme et en s'éloignant d'elle.

Pendant un instant, Diane se demanda si elle allait les séparer violemment et s'emparer du bras de son mari. Elle eut la force de résister à ce désir.

Lorsqu'elle les vit cependant s'engager sur la passerelle qui conduit du pont des transatlantiques au quai, une idée infernale lui traversa l'esprit : « Si je m'élançais sur eux, se dit-elle; ils tomberaient tous les deux à la mer, et je serais vengée. » Mais ils étaient déjà sur la terre ferme avant qu'elle eût fait un mouvement.

Elle resta un instant à les regarder, indécise sur le parti qu'elle allait prendre, puis elle eut une lueur de raison : elle quitta le navire et se dirigea vivement vers le chemin de fer.

Elle monta dans le train de cinq heures, et à sept heures elle était à Nantes.

Lucien, qui n'avait pu partir qu'à six heures et demie, rentrait chez lui à neuf heures.

Il trouva Diane installée dans son cabinet. Elle garda un instant le silence, le laissa parcourir les lettres arrivées dans la journée. Puis, elle marcha vers lui lentement et d'une voix où perçait une de ces colères froides et par cela même terribles, elle lui dit :

— Ainsi vous avez une maîtresse !

Il s'attendait à une attaque de ce genre et avait appelé à son aide tout le sang-froid dont il était capable. Aussi répondit-il d'une voix ferme mais calme :

— Vous êtes injuste envers madame Berthauld et envers moi. Une femme n'est pas nécessairement la maîtresse d'un homme parce qu'elle se promène ouvertement et en plein jour avec lui.

— Vous croyez ! s'écria-t-elle, lorsque cette femme on l'a connue jeune fille, qu'on l'a aimée et qu'elle vous a aimé, lorsqu'elle est devenue veuve et libre de ses actions, lorsqu'on se cache pour aller chaque semaine s'enfermer des journées entières avec elle dans une maison isolée ! Ah ! si ces preuves-là ne suffisent pas, alors...

Elle se tut, la colère l'empêchait de trouver l'expression qu'elle cherchait. Il répondit, toujours avec le même calme :

— Vous vous trompez. Je vous dis que vous vous trompez.

— Vraiment ! reprit-elle, est-ce que je me trompe aussi lorsque j'affirme que vous l'aimez ?

Il garda le silence.

— Mais répondez donc, fit-elle, répondez donc. Vous ne voyez pas que c'est là l'important. Que me fait à moi qu'elle ait été votre maîtresse si vous ne l'aimez plus, si c'est moi que vous aimez toujours, si vous n'avez eu pour elle qu'un caprice passager, qu'une fantaisie...

Elle s'arrêta pour qu'il pût répondre; mais il resta muet.

Ce silence, ce sang-froid l'exaspérèrent. Elle aurait voulu qu'il dît n'importe quoi, qu'il essayât de la tromper, qu'il mentît, pourvu qu'elle pût l'entendre parler et se défendre.

Mais si le calme de Lucien doublait la colère de Diane, par suite du phénomène que nous avons maintes fois signalé, il augmentait en même temps sa passion. Ce qui lui résistait était un stimulant pour elle, ce qui lui faisait obstacle exaltait son imagination. Tandis qu'elle le maudissait, elle admirait son sourire dédaigneux, son regard sévère, son maintien assuré. Il ne montrait aucun embarras; on aurait dit qu'il était le juge, et elle l'accusée. Elle aurait voulu lui enfoncer ses ongles dans la chair, l'étrangler de ses mains, et en même temps l'étreindre dans ses bras.

Aussi tout à coup s'élança-t-elle vers Lucien d'Aubier, lui prit-elle les poignets, et le regardant bien en face, les yeux dans les yeux, elle lui dit :

— Ecoute : qu'elle ait été ta maîtresse ou ne l'ait pas été, je ne veux pas le savoir et je te pardonne. Que tu l'aies aimée et que tu éprouves encore pour elle quelque tendre attachement, j'y consens et t'excuse !... Mais dis-moi que tu m'aimes, dis-moi que tu m'aimes comme autrefois.

Il ne prononça pas un mot.

Alors éperdue, arrivée à ce degré de folie où l'on ne sait plus ce qu'on dit, ce qu'on fait, où l'on foule au pied toute prudence, où on laisse à la fois déborder sa conscience et jaillir ses remords, elle lui lâcha les poignets, se jeta dans un fauteuil et, se tenant la tête dans ses deux mains pressées :

— Le misérable ! il ne m'aime plus, s'écria-t-elle... et pour lui, je suis devenue criminelle, pour lui j'ai tué mon mari !

Si ces imprudentes paroles avaient produit une vive impression sur Lucien, peut-être aurait-elle recouvré assez de raison pour les désavouer ou les expliquer d'une certaine façon. Mais il ne les avait pas comprises : il pensa qu'elle parlait au figuré et que dans le désordre d'esprit où elle se trouvait, elle disait avoir tué son mari, simplement parce qu'elle avait désiré sa mort. Aussi ne s'émut-il pas, et comme elle voulait à tout prix qu'il s'émût :

— Oui je l'ai tué, reprit-elle, parce que le terme des trois années que je t'avais demandées s'approchait, parce que je voulais me réunir au plus vite à toi, parce qu'il nous séparait, parce qu'il tardait trop à mourir... Ah ! tu ne me crois pas, tu ne crois pas que je t'aie aimé à ce point, ingrat !... Eh bien ! souviens-toi du soir où je suis venue ici... Que faisais-tu lorsque je suis entrée ? Tu préparais une grande affaire criminelle. Il s'agissait d'un homme qui avait empoisonné sa belle-mère... Oh! j'ai bonne mémoire!... Alors tu m'as montré plusieurs paquets d'arsenic que tu étudiais, que tu analysais... Deux de ces paquets, disais-tu, suffiraient à tuer un homme... Un instant après, tu as quitté ton cabinet, pour aller fermer les portes qui donnaient sur la cour, tu te souviens encore, n'est-ce pas ?... Alors j'ai profité de ton absence et je t'ai volé non pas deux paquets d'arsenic, j'aurais pu manquer mon coup, j'en ai pris trois pour être plus sûre... Bientôt, tu apprenais que j'étais veuve... Me crois-tu maintenant ?

Oui, il la croyait, car à ces paroles, dites avec trop de passion pour n'être pas vraies, venait se joindre le fait, le fait brutal : la disparition de ces trois paquets, dont il s'était autrefois aperçu, sans avoir jamais pu se l'expliquer.

Cette fois, ce fut lui qui s'élança vers Diane et lui prit les poignets, en lui disant :

— Misérable! misérable!

— Ah! s'écria-t-elle, tu t'es ému enfin! Il te faut des crimes pour t'émouvoir!

Il lui lâcha les poignets, fit un suprême effort pour recouvrer son sang-froid, y réussit, et, après s'être promené un instant, à pas précipités, il revint vers sa femme et dit d'une voix ferme :

— Vous pensez bien que nous ne pouvons plus vivre ensemble. Rentrez chez vous. Demain, vous irez rejoindre votre père à Paris. Toute la fortune de M. de Séry vous reste, je vous la restitue et vous serez assez riche pour que je ne sois pas inquiet sur votre sort.

— En vérité! fit-elle en se dressant devant lui, c'est ainsi que vous arrangez mes affaires, que vous disposez de moi et de vous! J'irais habiter Paris, et vous, Saint-Nazaire, sans doute, à moins que vous ne fassiez venir, ce qui est plus probable, votre maîtresse ici. J'aurais tué un homme, j'aurais mérité l'échafaud, au moins le bagne, pour en arriver à ce beau résultat! Allons donc! vous êtes fou et vous ne me connaissez pas!... Ecoutez-moi. J'ai mon sang-froid maintenant, je suis comme vous; écoutez : Non-seulement la confidence que je viens de vous faire ne me perdra pas, ne me nuira pas, mais encore, je veux qu'elle me serve! Je ne quitterai pas cette maison et vous ne la quitterez pas, et, s'il vous arrivait de revoir même madame Berthauld, une heure après, entendez-vous bien, une heure après, toute la magistrature de Nantes, toute la police, toute la ville sau-

raient que j'ai assassiné mon mari et que vous étiez mon complice.

— Malheureuse!

— Et voulez-vous savoir quelles preuves je donnerais aux juges de votre complicité... car, pour mon crime, il ne fait aucun doute... j'avoue, et il est temps encore de retrouver l'arsenic, en faisant l'autopsie. Ces preuves, je les diviserai, comme vous et vos collègues les divisez devant la cour d'assises, en preuves morales et en preuves matérielles : les preuves morales sont l'amour que vous aviez pour moi, la demande de ma main, le refus de votre mère, parce que je n'avais pas de dot; mon mariage avec un homme riche, mariage probablement concerté avec vous, la visite que je vous ai faite et la mort qui l'a suive. Enfin, un an après, notre propre mariage..... Voulez-vous connaître maintenant les preuves matérielles? Il en existe plusieurs, mais une seule suffira : vous vous êtes fait livrer, par un pharmacien de Nantes, dix paquets d'arsenic, dans le but de les analyser; allons donc! dans le but de m'en livrer une partie et vous me l'avez livrée, puisque vous ne pouvez plus présenter que sept paquets. Remarquez aussi que la mort de M. de Séry s'accorde à ravir avec ma visite clandestine à Nantes, et avec la livraison de l'arsenic. Concluez maintenant, monsieur le procureur impérial, vous qui avez tant de fois conclu contre les autres... Oh! vous savez bien que vous serez condamné, et si, par impossible, vous ne l'étiez pas, vous seriez toujours déshonoré et perdu... J'ai dit tout ce que j'avais à dire. Je me retire chez moi, comme vous me l'avez ordonné, mais demain, je serai encore dans cette maison, et il faut, vous entendez bien, il faut que je vous y retrouve.

Elle sortit et il tomba accablé, sans force, sans courage, sans idées.

Lorsqu'il fut parvenu à vaincre ce premier mouvement de faiblesse, il essaya d'envisager la nouvelle situation qui lui était faite. D'abord il se demanda s'il ne rêvait pas, si l'accusation que Diane avait portée contre elle était sérieuse et ses aveux étaient sincères. « Peut-être, se disait-il, en voyant que je lui échappais, a-t-elle essayé de m'intimider et de me retenir par la crainte : je me refusais à être son amant, elle a voulu faire de moi son complice. » Mais il ne put se rattacher longtemps à cet espoir. Les révélations de Diane avaient été trop claires, trop précises, et, pourquoi ne pas le dire, le crime était trop probable, pour qu'il lui fût permis de le mettre en doute... Et cette misérable, il avait cru en elle, il l'avait aimée, il avait vécu plusieurs années à ses cotés! Ne devait-il pas, comme honnête homme, comme mari, comme magistrat, la faire arrêter sur l'heure, sans regarder derrière lui, sans s'occuper des dangers qu'il courrait lui-même ?

Il n'osa pas livrer celle qu'il avait aimée et qui l'aimait, d'un amour outrageant, d'un amour réprouvé, mais enfin qui l'aimait. Il eut peur du scandale qui rejaillirait sur son nom, ce nom sans tache que son père lui avait légué, ce nom qu'il essayait tous les jours d'ennoblir. Il eut aussi pitié de sa pauvre vieille mère, qu'un événement aussi terrible tuerait sur le coup.

Quant à la question de complicité soulevée par Diane, longtemps il l'écarta ; il ne voulait pas qu'elle pût entrer en ligne de compte dans sa conduite ; il se refusait surtout à admettre qu'une si grande monstruosité pût l'atteindre. Cependant, il fallut bien, après avoir épuisé les autres sujets, la regarder en face. Il envisagea cette question comme s'il n'y était pas directement intéressé ; il l'étudia en sa qualité de magistrat, de procureur impérial. Diane n'était pas sa femme, elle comparaissait devant lui, et, après avoir fait l'aveu de son crime, elle accusait son mari de complicité. Il examina, une à une, toutes les preuves qu'elles venait de lui donner à ce sujet ; il les classa, les scruta, les fouilla pour ainsi dire ; il se fit lui-même comparaître, s'interrogea et se répondit. Cette étude terminée, cette instruction achevée, il fut obligé de reconnaître qu'il devait lancer un mandat d'arrêt contre le mari de madame de d'Aubier, et que, sans aucun doute, la chambre des mises en accusation n'hésiterait pas à confirmer cet arrêt.

Ainsi la position était bien nette : passer en cour d'assises, ou vivre avec une misérable qui lui faisait horreur.

Il pesa longtemps le pour et le contre de ces deux situations, et enfin il se décida pour la dernière. Il continuerait à vivre avec sa femme. Il fit seulement à cette détermination une simple restriction qui fut celle-ci : « Lorsque je ne pourrai » plus supporter l'existence, je me tue- » rai. »

Après être resté toute la nuit dans son cabinet, vers huit heures du matin, il dépouilla son courrier comme si rien n'était survenu dans son existence depuis la veille. Puis il s'habilla et partit pour le Palais, où il parla pendant trois heures dans une affaire civile des plus embrouillées, qu'il sut éclaircir pour les juges.

A six heures, il s'assit à table, en face de Diane, échangea avec elle, devant les domestiques, quelques paroles banales, et se rendit chez madame d'Aubier mère, qui, à le voir aimable et affectueux comme de coutume, ne put se douter des terribles émotions par lesquelles il venait de passer. Les journées qui suivirent ressemblèrent à celle-là. On ne le rencontrait plus chez lui qu'aux heures de repas. Mais on était toujours sûr de le trouver, soit au Palais, soit chez sa mère, soit sur la route qui conduit du boulevard Delorme à la rue Lafayette et au Palais de Justice. Les jours de fête, lorsqu'il n'y avait pas de tribunal, il s'enfermait toute la journée dans son cabinet, quelquefois toute la nuit. Un travail opiniâtre et continu lui permettait d'oublier l'horreur de sa situation et défendait à sa pensée de s'égarer du côté de Saint-Nazaire.

Avec sa femme, grâce à d'énergiques efforts et à une force de volonté surprenante, il se montrait strictement poli et convenable. Jamais il ne lui échappait un geste d'impatience, un mouvement de mauvaise humeur, un mot froissant. Il ne lui adressait pas le premier la parole, mais toutes les fois qu'elle l'interrogeait, il répondait avec courtoisie, et continuait la conversation si elle l'avait commencée. Il évitait seulement toute allusion dangereuse, toute discussion et cherchait à ne donner aucun prétexte aux reproches et aux récriminations. Il se montrait, en un mot, résigné, sans affectation et sans forfanterie. Cette sage attitude, si elle n'eût pas été commandée par les circonstances, était celle qu'il pouvait choisir pour se venger de Diane. À la suite des terribles aveux que la colère et la passion lui avaient arrachés, elle avait dû, lorsque le calme s'était fait dans son âme, essayer de revenir sur ces aveux et d'en diminuer l'effet. Mais Lucien, avec un soin extrême, évitait une explication etelle n'osait pas la provoquer. Non, elle n'osait pas, et on ne doit pas s'en étonner : audacieuse, effrontée, cynique même, sous l'empire d'un sentiment exalté, et dominée par la passion arrivée à son paroxysme, elle devenait, dans les circonstances ordinaires de la vie, presque timide en face de celui qu'elle aimait; elle tremblait devant sa victime. Elle mourait du désir de lui crier : « Ta froideur, ton mépris me tuent; laisse-moi t'expliquer comment je suis devenue criminelle. Je t'ai dit ma faute, brusquement, sans détails, sans préparation : tu ne connais que le fait brutal, tu ne sais pas ce qui a pu l'amener, dans quelles circonstances il s'est produit. Lorsque je t'ai soustrait ce poison, je n'étais pas résolue à m'en servir, je n'avais pas froidement décidé la mort de M. de Séry, j'ignorais même s'il ne me servirait pas à moi-même. Longtemps j'ai attendu, long-temps j'ai espéré devenir libre et être à toi, sans avoir à me souiller d'un crime. Mais les jours succédaient aux jours, je me disais sans cesse que tu finirais par céder aux sollicitations de ta mère ; je songeais continuellement à cette belle Marie que tu pouvais aimer, j'étais jalouse, j'étais malade, j'étais folle et, une nuit, j'ai succombé... j'ai versé le poison... Oh ! ce n'est pas le poison qui l'a tué... Il l'a achevé, voilà tout. Je n'en suis pas moins une misérable, mais ne m'accable pas, toi pour qui j'ai commis le crime, toi que j'ai aimé au point de descendre à cette infamie, toi pour qui je n'ai pas reculé devant la crainte de passer un jour en cour d'assises et de mourir sur un échafaud ! »

Mais elle ne pouvait pas venir lui dire tout cela, froidement, sans y être amenée, et il ne l'y amenait pas. Elle n'avait même pas la ressource de lui adresser quelques-uns de ces reproches qui auraient inévitablement fait naître une scène dont elle eût profité: Qu'aurait-elle pu lui reprocher ? Elle lui avait interdit d'insister pour qu'elle quittât la maison; il n'avait plus reparlé de ce départ. Elle lui avait défendu de s'éloigner, et jamais on ne l'avait vu sur une autre route que celle qui conduisait au Palais et chez sa mère. Enfin elle ne voulait pas qu'il revît Marie, et elle avait la preuve de son obéissance. Que pouvait-elle dire? que pouvait-elle faire ? Allait-elle donc vivre toujours ainsi ? Son âme bouillonnante resterait-elle toujours silencieuse? Ses sens ne seraient-ils jamais calmés ? Ne pourrait-elle donc plus sortir de cette mer de glace qui l'entourait de toutes parts, et Lucien, par son implacable résignation, au lieu d'être sa victime, deviendrait-il son bourreau ?

Pendant une chaude nuit de juillet, où le sommeil la fuyait, où mille souvenirs, mille images se pressaient en foule à son esprit, où son imagination vagabonde la torturait encore plus que de coutume, elle s'élança tout à coup de son lit, revêtit à la hâte une robe de chambre, traversa le salon qui séparait sa chambre de celle de Lucien et frappa à sa porte. Il ne répondit pas. Elle ouvrit. La chambre était éclairée par une lampe et Lucien, étendu sur un fauteuil, près de la croisée ouverte. Comme elle, la chaleur, l'orage qui était dans l'air, ou peut-être de cruelles pensées, l'empêchaient de dormir. Il tourna la tête de son côté lorsqu'elle entra, mais il ne parut pas étonné de la voir, et il ne quitta pas sa place.

Alors, elle s'élança vers lui, et, se jetant à ses genoux :

— Pardon, pardon ! murmura-t-elle.

— Pardon, demanda-t-il, pardon de quoi?

— Pardon pour mon crime.

— Votre crime! Quel crime? Je ne sais pas ce que vous voulez dire ! Je ne veux pas que vous ayez été criminelle; je vous défends de me le rappeler.

Ce n'est pas impunément qu'on passe par de si terribles émotions et qu'on dépense ainsi sa vie : les forces humaines, quelle que soit la volonté qui les soutient, ont des limites.

Un jour, au tribunal, pendant que Lucien parlait avec une éloquence admirée des jeunes stagiaires et du public, on le vit tout à coup porter la main à son front comme pour retenir ses idées qui s'échappaient, puis s'affaisser lourdement.

L'émoi fut grand dans la salle, l'audience fut suspendue et l'on courut chercher un médecin.

On put heureusement trouver chez lui, rue Newton, un homme de talent, le docteur B... Il accourut au Palais, examina Lucien et constata une apoplexie qui présentait des dangers, mais qui pouvait n'avoir pas de suites sérieuses.

Après un repos de deux heures et des soins assidus, le jeune procureur impérial fut transporté dans sa maison, où déjà des préparatifs avaient été faits pour le recevoir.

— Surtout un repos absolu, dit le docteur à Diane et à madame d'Aubier mère, qui l'interrogeaient anxieusement, lorsque après avoir couché lui-même le malade et placé une garde à son chevet, il les rejoignit au salon.

— Ne puis-je le soigner, demanda la mère de Lucien.

— Pour le moment, ni vous ni madame, répondit le docteur. Il faut éviter toute émotion, même toute impression. Restez dans cette pièce, prêtes à venir en aide à la garde, mais n'entrez pas, je vous le recommande expressément.

Madame d'Aubier et Diane obéirent : elles s'installèrent dans le salon et ne quittèrent pas pendant plusieurs jours. C'était la première fois qu'elles se trouvaient vivre ainsi dans une sorte d'intimité. Elles s'étaient fait seulement jusqu'alors des visites de pure convenance, juste ce qu'il fallait pour cacher au monde le peu de sympathie qu'elles ressentaient l'une pour l'autre. La douleur, la crainte les réunissaient aujourd'hui, mais elles continuaient à se tenir sur la défensive. Peut-être madame d'Aubier, à la suite de certaines observations et guidée par cet instinct maternel qui ne trompe jamais, rendait-elle Diane responsable de la maladie de son fils; peut-être celle-ci avait-elle conscience de son indignité, et n'osait-elle se rapprocher de la mère de Lucien. Une seule fois il y eut entre elles une sorte de contact ou du moins de communauté de pensées. Le docteur B... venait de sortir de la chambre du malade et comme, suivant leur habitude, les deux femmes le reconduisaient en l'interrogeant :

— Je ne suis pas content aujourd'hui, dit-il. J'ignore ce qui s'est passé, mais le malade doit avoir éprouvé une de ces émotions que j'essaye de lui éviter avec tant de soin.

C'était Diane qui avait amené cette complication, et qui se garda bien de l'avouer. Tourmentée du désir d'entrevoir Lucien, elle avait profité, la nuit précédente, du moment où sa belle-mère, à bout de forces, reposait un instant, pour apparaître sur le seuil de la chambre du malade. Il avait ouvert les yeux, l'avait vue et avait tressailli. Cette émotion avait suffi pour aggraver son état.

A peine rentrée dans le salon, après la déclaration du docteur, madame d'Aubier mère, désolée de ce qu'elle venait d'apprendre, espérant trouver dans la prière un adoucissement à sa douleur, se jeta tout à coup à genoux et éleva son âme à Dieu.

Diane la regarda d'abord avec étonnement. Elle ne comprenait pas bien qu'on pût ainsi, subitement, éprouver le besoin de prier dans un appartement comme on le ferait dans une église. Peu à peu, cependant, entraînée par l'exemple ou dominée par quelque souvenir de son enfance, elle se courba, plia les genoux et finit par se prosterner.

Quelle prière osa-t-elle faire à Dieu ? En quels termes s'adressa-t-elle à lui ? Quelles expressions cette conscience troublée put-elle trouver ? S'humilia-t-elle seulement ? Demanda-t-elle pardon de ses erreurs et de ses crimes ? ou bien osa-t-elle prier, prier pour Lucien, pour sa guérison, pour qu'il fût conservé à son amour ? Qui sait ? Peut-être cette prière fut-elle agréable à Dieu, et prit-il en pitié cette grande pécheresse.

On pourrait le penser : lorsqu'elle se releva, après être restée agenouillée plus d'une heure, son visage était baigné de larmes. Madame d'Aubier, qui depuis longtemps l'observait, fut touchée de cette douleur. Elle s'avança vers sa belle-fille et elle allait peut-être lui tendre la main, lorsque Diane, devinant son intention, recula comme épouvantée et alla se réfugier dans un coin du salon.

Bientôt l'état de Lucien s'améliora : le docteur permit à sa mère et à sa femme de remplacer la garde. La première usa largement de l'autorisation, elle s'installa dans la chambre du malade jusqu'à complète guérison. Quant à Diane, se rappelant sans doute l'impression qu'elle avait produite, elle se montra plus discrète et ne fit à Lucien que de courtes visites. Mais elle continuait à veiller sur lui avec une sollicitude de tous les instants et sans jamais s'éloigner de la maison. Le château de la Sauvinière ne l'avait pas vue une seule fois depuis l'accident survenu à Lucien ; bravant les fureurs de Lami, elle s'était contentée de répondre à son dernier appel : « Mon mari est très malade. Tout » m'ordonne de rester auprès de lui et je » ne le quitterai pas. Faites ce que vous » voudrez. Peu m'importe ! »

L'intendant, qui ne put mettre en doute cette maladie dont s'étaient occupés tous les journaux du département, parvint à dompter ses impatiences et attendit des jours meilleurs.

Lucien était en pleine convalescence, et cependant, quoiqu'il eût triomphé du mal et qu'il ne redoutât plus aucun accident fâcheux, le docteur B... ne paraissait pas entièrement satisfait de l'état de son client. Au préfet, qui lui avait demandé des nouvelles de Lucien, il avait répondu :

— Il est guéri de la maladie qui nous a inquiétés. Mais avant d'assurer qu'aucune autre attaque ne se produira, je voudrais connaître les causes de la première et les détruire si c'est en mon pouvoir.

— Il ne peut y avoir d'autres causes, fit observer le préfet, qu'un travail trop excessif. Notre cher procureur impérial s'est vraiment surmené. Usez de votre autorité sur lui, docteur, pour qu'il se ménage davantage, et nous le conserverons longtemps.

« Si le travail, se disait le docteur B..., si même des fatigues corporelles avaient amené cette maladie, comme le pense le préfet et comme tout le monde le croit, mon client se remettrait plus vite. Je l'ai condamné à un repos absolu ; j'ai la preuve qu'il m'obéit, et à son âge, avec sa vigueur, le mal aurait depuis longtemps disparu avec la cause. Il doit y avoir là-dessous quelque mystère qu'il ne me sera probablement jamais permis de pénétrer. Les malades nous confient leur pouls, nous permettent de les ausculter, mais ils se refusent à nous ouvrir leur cœur, et c'est le cœur qu'il nous faudrait souvent connaître. »

Le docteur B... avait raison. C'était le moral de son client qui se trouvait gravement atteint. Avec la santé, le souvenir lui était peu à peu revenu : il se trouvait aujourd'hui face à face avec toute l'horreur de sa situation, et il n'avait plus ni le courage ni les forces nécessaires pour combattre, comme autrefois, sa pensée et l'anéantir. Étendu, dans son salon, sur un canapé, n'ayant plus même sous la main ses livres favoris, car, par ordre, on les avait fait disparaître, il fallait bien songer, il fallait bien souffrir. Diane, nous l'avons vu, évitait de lui imposer sa présence, mais ses courtes apparitions étaient encore trop fréquentes pour cet esprit malade et affaibli.

Lorsqu'elle s'avançait vers lui, il ne pouvait se défendre d'une appréhension et d'une terreur : sa vue lui rappelait ces scènes qui, maintenant, lui faisaient horreur. Il tremblait comme un enfant à l'idée que cette courtisane, profitant aujourd'hui de sa faiblesse, comme elle avait autrefois profité de son désespoir, songeait encore à le flétrir de son amour. Parfois son imagination surexcitée par la fièvre l'entraînait plus loin : il lui semblait qu'au lieu d'être le second mari de Diane, il était le premier; qu'il ne s'appelait pas Lucien d'Aubier, mais M. de Séry, et lorsque sa femme s'approchait, il se disait en tremblant : elle vient pour m'achever.

Un jour, le médecin, trouvant Lucien plus nerveux, plus agité que de coutume, lui avait ordonné une potion calmante, à prendre toutes les heures. Madame d'Aubier mère la prépara; mais comme le moment n'était pas encore venu de la donner et qu'elle était obligée de sortir un instant pour affaires, elle pria sa belle-fille de la remplacer auprès du malade.

A l'heure dite, Diane entra dans le salon où se trouvait Lucien, et s'avança vers lui, une tasse à la main.

Il la vit venir et se prit à la regarder avec une fixité surprenante. Quand elle fut tout près de lui, il tendit vivement la main vers la tasse et dit :

— Vous avez bien mis toute la dose, n'est-ce pas ?... Les trois paquets d'arsenic y ont passé.... Je vais mourir... Merci... Adieu.

Et il but avidement, tandis que Diane, accablée par ce terrible châtiment, tombait évanouie.

Cependant, à mesure que ses forces renaissaient, il devenait plus calme et ne succombait plus à ces terreurs maladives. Il comprenait qu'il n'avait rien à craindre de cette femme et qu'elle souffrait peut-être autant que lui. Mais alors, son esprit, toujours inquiet, abordait un autre ordre d'idées : « Vous êtes mon complice, s'é- » tait-elle écrié, je le prouverai quand on » voudra, » et ces paroles lui revenaient sans cesse à la pensée. « Elle a raison, disait-il, je suis son complice, non pas comme elle voudrait le faire croire aux juges; je n'ai pas matériellement trempé dans le crime, je ne lui ai pas remis le poison, mais elle me l'a pris, elle s'en est servie, parce qu'elle obéissait au fatal amour que j'avais fait naître, que j'avais encouragé.

Si j'avais écouté les avis de ma mère et franchement renoncé à ce mariage, M. de Séry serait encore vivant. « Donnez-moi » trois ans, me disait-elle, jurez-moi de » m'attendre trois ans, » et j'ai osé faire ce serment, sans comprendre que je m'associais à ses desseins, que je devenais le complice des crimes qu'elle pouvait commettre... Je suis aussi coupable qu'elle et j'ai tort de la mépriser. »

Parfois, il parvenait à s'affranchir de ses remords, à chasser loin de lui les pensées qui le torturaient. Il évoquait alors la gracieuse amie de sa jeunesse, et lorsqu'elle daignait apparaître, il goûtait un instant de repos, il se retrempait dans l'honnêteté, il se purifiait de toutes ses souillures. Mais Marie elle-me ne pouvait apporter le calme absolu dans cette âme troublée. Au plaisir de la revoir se joignait le regret d'être à jamais séparé d'elle, de se dire qu'il fallait renoncer à ces bonnes heures si gaiement écoulées dans la jolie maison de Saint-Nazaire, auprès de l'adorable femme qui l'habitait. Il se joignait aussi le remords d'avoir passé à côté du bonheur sans le voir, sans s'être arrêté; d'avoir préféré, à celle qui aurait pu lui faire une vie si charmante, la femme qui l'avait rendu si misérable, et qui le tuait. Ces diverses causes empêchaient l'entier rétablissement de Lucien, et le docteur B..., malgré sa pénétration, devait toujours les chercher inutilement.

Le consciencieux médecin voulut au moins, puisque le moral lui échappait, donner à son client tous les soins matériels réclamés par son état. Persuadé qu'un changement d'air pourrait fortifier le malade, qu'un séjour de quelques semaines à la campagne aurait une heureuse influence sur sa trop lente convalescence, il exprima un matin, en présence de Diane et de madame d'Aubier, le désir de voir Lucien quitter Nantes.

— Bast! à quoi bon? dit celui-ci d'un air découragé.

— Vous n'êtes pas juge dans la question, mon cher monsieur, répliqua le docteur avec autorité. Vous m'avez appelé pour vous guérir et je vous prescris ce que me suggère mon expérience. Libre à vous, il est vrai, de ne pas m'écouter, mais je compte sur ces deux dames pour vous y décider. La campagne vous est nécessaire, je dirai même indispensable, et je désire que vous vous y rendiez au plus vite. Nous ne sommes qu'au commencement de septembre, et vous avez encore deux bons mois devant vous.

— Le docteur a raison, il faut partir sans retard, dit madame d'Aubier. Je te supplie d'y consentir, Lucien.

— Soit, dit-il, en la regardant avec tendresse.

— Vous le voyez, docteur, reprit madame d'Aubier, vous serez obéi. Mais où nous conseillez-vous de nous rendre? à la mer, peut-être?

— Non, la saison est trop avancée et l'air de la mer trop vif pour un convalescent. Je voudrais la campagne, la vraie campagne. Mais j'y songe, ajouta-t-il en s'adressant à Lucien, n'avez-vous pas justement une propriété près de Paimbœuf, la Sauvinière, je crois?

— Cette propriété est à ma femme, dit le malade.

— N'est-ce pas la même chose? Il faut vous y installer au plus vite.

— Permettez-moi de vous faire observer, docteur, dit Diane, que si vous redoutez la mer pour votre malade, la Sauvinière n'en est pas très éloignée.

— Elle est à trois lieues au moins, je connais parfaitement l'endroit. A cette distance, l'air a perdu sa trop grande vivacité et conserve certaines propriétés qui seront salutaires à votre mari.

— C'est convenu alors, fit madame d'Aubier, nous irons nous installer à la Sauvinière, si toutefois ma belle-fille consent à me donner l'hospitalité chez elle, jusqu'à ce que mon fils soit entièrement guéri.

— Oh! madame, s'écria Diane, comment pouvez-vous en douter. Mais, ajouta-t-elle, le voisinage de la Loire rend ma maison bien humide, quand vient l'automne. Ne voudrait-il pas mieux louer une campagne voisine, plus enfoncée dans les terres?

— C'est tout à fait inutile, dit le docteur en se levant. La Sauvinière vous convient sous tous les rapports et j'espère vous y voir installés tous les trois demain ou après-demain au plus tard. Il n'y a pas de temps à perdre.

Il eût été difficile à Diane, en présence d'une opinion si nettement exprimée, de faire de nouvelles objections; mais elle comptait sur Lucien, qui, sans aucun doute, après le départ du docteur, se prononcerait contre la Sauvinière. Il n'en fut rien : Lucien déclara, dès que sa mère revint sur ce sujet, qu'il était prêt à la suivre où bon lui semblerait. Madame d'Aubier décida donc le voyage, et Diane, sous le prétexte d'aller présider à l'installation de ses hôtes, partit aussitôt pour préparer Lami à l'arrivée prochaine de son mari.

En route, elle ne cessa de se demander comment Lucien avait pu si facilement consentir à se rendre chez elle? Etait-il donc plus malade qu'on ne croyait et perdait-il, par moments, le souvenir du passé. Non, il n'avait rien oublié, malheureusement pour lui, et c'était justement la raison qui le faisait vouloir habiter la propriété de sa femme. Poursuivi par ses remords, il se disait que son châtiment serait plus complet le jour où il se trouverait sur le théâtre du crime. Il se condamnait à voir les lieux où, à cause de lui, et par lui, M. de Séry avait si misérablement péri. Il croyait ainsi expier cette complicité que dans son fiévreux égarement il se reprochait sans cesse. Peut-être aussi espérait-il que le séjour de la Sauvinière lui serait funeste comme à M. de Séry et qu'il irait bientôt le rejoindre.

Lorsque Diane fit son entrée au château, elle ne s'était pas encore pénétrée de ces divers sentiments. Maintenant, elle n'avait plus le loisir d'y songer; il fallait circonvenir le farouche Lami, et ce n'était pas chose facile.

Il n'était pas venu comme d'habitude à sa rencontre, dès que la voiture avait franchi le pont-levis. Elle pensa qu'il était dans le parc ou aux champs, et elle chargea un garçon de ferme d'aller le prévenir.

— Mais monsieur est dans son cabinet, dit le garçon.

Lami avait maintenant un cabinet.

Diane ne devait pas perdre de temps; elle rejoignit son régisseur.

— C'est ainsi que vous venez à ma rencontre? lui dit-elle.

— Il y a longtemps que je ne vous ai vue, répliqua Lami, d'une voix bourrue; et je ne sais plus reconnaître le bruit de votre voiture.

— Je n'ai pas pu venir plus tôt, fit-elle; je vous en ai écrit la raison.

— Bast! vous auriez bien trouvé un instant, si vous l'aviez voulu!

— Un instant, c'est possible. Mais il faut une journée pour se rendre ici.

— Et je ne mérite pas qu'on perde une journée pour moi, n'est-ce pas?

— Je vous ai souvent prouvé le contraire. Mais, cette fois, je vous le répète, je ne pouvais pas; M. d'Aubier était trop malade.

— Heureusement pour vous, dit insolemment Lami, que j'ai appris cette maladie par les journaux. Sans quoi...

Habituée aux menaces de son amant, elle dédaigna de relever celle-là; elle était du reste trop pressée d'en arriver au but pour s'arrêter à des détails.

Lami, qui avait affecté jusque-là de ne pas la regarder, jeta les yeux sur elle, au moment où elle retirait ses gants et ajustait ses cheveux dérangés dans le voyage, et, s'avançant tout à coup, il dit :

— Comment va-t-il maintenant ?

— Qui ?

— Votre mari.

— Il est encore très malade.

Il fit deux pas, lui prit les mains, et, la regardant dans les yeux :

— S'il meurt comme l'autre, demanda-t-il brutalement, m'épouseras-tu, cette fois ?

Elle tressaillit, devint très pâle et garda le silence.

— Réponds donc ! fit-il.

Et, comme elle ne desserrait pas les lèvres, il reprit avec colère :

— Je ne m'étais pas trompé, tu l'aimes !

— Eh ! je vous ai déjà dit que non, s'écria-t-elle avec humeur, en se débarrassant de son étreinte.

— Si tu ne l'aimais pas, tu ne serais pas restée deux mois à son chevet. Le devoir t'y retenait, dis-tu. Alors que fais-tu à la Sauvinière ? Ne viens-tu pas de m'assurer qu'il était toujours malade ? Tu le rejoindras dans quelques heures ; combien de temps resteras-tu encore sans me voir ?

— Je vous verrai aujourd'hui, demain, après-demain et longtemps peut-être, si vous voulez être raisonnable.

— Que dis-tu ? s'écria-t-il, et la joie éclairait son visage. Oh ! ne te joue pas de moi... Je suis exigeant, grossier, brutal, mais je t'aime, vois-tu, je t'aime passionnément. Tu viens te fixer ici, tu ne vas plus me quitter !

— Pendant un mois, deux mois, peut-être trois, répondit-elle.

— Ah ! quelle joie !... Et lui, tu l'abandonnes ?

— Non... mais il est malade, très malade, vous le savez, les médecins lui ont ordonné l'air de la campagne et on le transporte ici.

— Lui ! s'écria violemment Lami, lui ici ! jamais !

— Pourquoi cela ?

— Je ne veux pas le voir. Je te l'ai déjà signifié. Je ne le veux pas !

— Alors, allez-vous-en, osa-t-elle dire.

— Moi, m'en aller et lui céder la place s'écria-t-il furieux. Ah ! par exemple ! tu ne me connais pas. M'en aller ! te laisser seule avec lui, dans cette maison où je t'ai aimée... dans cette maison qui appartient à nos amours. Jamais... je le tuerais plutôt !

— Alors je repars au plus vite, dit-elle avec calme, afin de chercher, à quelques lieues de Nantes, une maison de campagne où nous passerons l'automne.

Elle fit mine de remettre son mantelet posé sur un canapé.

Lami courut à elle, lui arracha le mantelet des mains et lui dit :

— Tu veux me pousser à bout, n'est-ce pas ?

— Comment te pousser à bout ! je ne comprends pas. J'accours joyeusement t'annoncer que, pour la première fois depuis trois ans, je vais vivre dans cette maison, à tes côtés ; tu refuses, et c'est moi, dis-tu, qui te pousse à bout. En vérité, on n'est pas injuste comme cela, continua-t-elle avec colère pour faire croire à Lami qu'elle était outrée de sa conduite. Les médecins avaient ordonné la campagne. Qui nous empêchait d'en louer une ? Mais je n'aurais pu te voir, je serais encore restée séparée de toi six semaines ou deux mois. Alors l'idée me vient de décider ma belle-mère et mon mari à se fixer ici. J'ai une peine infinie à vaincre leur résistance. Enfin je triomphe... et c'est toi qui te plains. Ah ! s'il s'agissait de t'amener un mari valide, bien portant et bien aimé, je comprendrais encore tes façons ; mais tu le verras demain, et si tu es jaloux de lui, c'est que tu as du temps à perdre. Du reste, à quoi bon te dire tout cela, tu ne veux pas qu'il vienne. Soit ! il ne viendra pas. Laisse-moi seulement partir pour qu'il ne se mette pas en route. Je présiderai à son installation dans les environs de Nantes, et j'accourrai te voir aussitôt que je serai libre, dans quinze jours ou trois semaines.

Ces paroles, tout à la fois doucereuses et fermes, où, à côté de la menace on voyait poindre de tendres promesses, produisirent sur Lami l'effet prévu par Diane. Il ne tarda pas à envisager avec plus de calme sa situation et à regarder comme possible l'arrivée de Lucien à la Sauvinière. Seulement si madame d'Aubier était habile, il l'était aussi à sa façon, et il ne devait pas se rendre sans avoir nettement posé ses conditions.

— Soit ! dit-il au bout d'un instant de réflexion, votre mari s'installe ici. Quelle vie mènerez-vous tous les deux ? Expliquez-moi cela pour que je me fasse une idée de la chose.

— Notre existence sera des plus simples. Mon mari passera une partie de ses journées dans son lit ou étendu sur un canapé dans le salon. S'il fait beau, peut-être le traînera-t-on au soleil, dans le parc.

— Où prendra-t-il ses repas ? A table ou chez lui ?

— Chez lui pendant quelques jours, à table lorsque ses forces reviendront, si elles reviennent... Mais cela ne vous empêchera pas...

— Non, dit-il en l'interrompant. Je serais gêné. Je reprendrai mon logement d'autrefois, dans l'aile gauche... Et où couchera-t-il?

— J'ai songé à la chambre bleue.

— Et vous?...

— Moi, je reprendrai ma chambre habituelle.

— Non, je ne veux pas; elle est trop près de la première; vous habiterez à l'autre extrémité.

— Bien. Je n'y vois pas d'obstacle. Quelles conditions avez-vous encore à me poser, monsieur mon maître, demanda-t-elle, en s'approchant de lui et en l'enveloppant d'un long regard destiné à vaincre ses dernières résistances.

Il lui prit les mains, et les tenant serrées dans une des siennes :

— Tu vas me jurer, dit-il, que chaque soir, lorsque tout le monde reposera, tu viendras me rejoindre.

— Oh! fit-elle.

— C'est comme cela.

— Tu ne réfléchis pas que ma belle-mère et mes domestiques vont habiter ici. Comment veux-tu que je quitte ma chambre, je descende les escaliers, je traverse tous les corridors du château? Sois raisonnable!

— Si tu m'aimais, fit-il en la repoussant, cela t'embarrasserait peu. Est-ce que tu es femme à t'occuper de ces misères?

Il disait vrai : si elle l'avait aimé comme elle aimait son mari, elle aurait trouvé du charme à ces voyages nocturnes, semés de dangers. Mais, nous l'avons expliqué : depuis longtemps Lami ne parlait plus à son imagination. Elle était aujourd'hui avide de repos, peut-être d'honnêteté, et elle s'effrayait des conditions que lui posait son intendant, de la perspective qui s'offrait à elle.

— Les misères dont tu parles, reprit Diane, méritent qu'on y prenne garde. Ce que tu demandes est impossible.

— Alors, s'écria-t-il avec violence, il n'y a rien de fait. Ton mari ne viendra pas ici!

En se rendant à la Sauvinière, elle s'était juré de rester calme pour triompher plus facilement des emportements de Lami; mais cette scène s'était trop prolongée : ses nerfs avaient eu le temps de s'irriter; elle perdit patience.

— Mon mari viendra ici! dit-elle avec force, parce que je suis chez moi et qu'il est chez lui. Ceux qui ne sont pas contents peuvent s'en aller!

— Vraiment! tu le leur permets. Eh bien, ils n'useront pas de la permission; je reste!

— Prenez garde! dit-elle en s'échauffant peu à peu, vous abusez des droits que je vous ai donnés, de mes bontés pour vous. Après tout, rien ne nous lie éternellement l'un à l'autre, je n'ai aucune raison de vous craindre. Que pouvez-vous faire?... Que pouvez-vous dire?... Ah! oui... je me souviens... vos anciennes menaces!... Mais c'est de l'histoire ancienne, mon cher, et, du reste, vous ne m'avez jamais beaucoup effrayée. Allons! j'ai décidément été trop bonne. Tout a un terme. Demain, ma famille et ma maison seront installées ici au grand complet et je n'aurai plus avec vous que les seuls rapports qui auraient toujours dû exister. Vous serez l'intendant de la Sauvinière. Rien de plus.

Si elle avait eu l'idée, pendant qu'elle parlait, de lever les yeux sur Lami, elle n'eût sans doute pas achevé : son teint, de coloré qu'il était habituellement, était devenu livide, et, à plusieurs reprises, son regard s'était porté sur un pistolet chargé, posé sur la cheminée. Cependant, il parvint à se dominer et répondit à Diane après un instant de silence :

— C'est entendu. Je ne suis plus que votre intendant; mais cette position même, je n'en veux plus. Je la quitte et je rendrai mes comptes à M. d'Aubier, dès son arrivée.

— Vous n'avez pas de comptes à rendre, dit-elle, sans deviner encore où il voulait en venir. J'accepte les vôtres et je signerai ce que vous me présenterez.

— Oh! reprit-il, ce ne serait pas régulier. Vous êtes mariée, et votre mari a le droit d'être au courant de vos affaires; je l'y mettrai. Je dois seulement vous prévenir que s'il me demandait, comme c'est probable, pourquoi je cesse de gérer ce bien dont l'administration m'a été confiée depuis plus de dix ans, je lui apprendrai le véritable motif de mon départ.

— Qu'entendez-vous par là? fit-elle avec inquiétude.

— C'est bien simple. Je lui dirai : J'étais l'amant de votre femme et elle m'avait promis que vous ne viendriez jamais habiter cette propriété. Vous y venez, soit! je ne puis vous en empêcher, mais je me retire.

— Vous oseriez dire cela?

— Si je l'oserai! s'écria-t-il violemment. Ah! comment pouvez-vous en douter, vous qui me connaissez!

Elle le connaissait en effet. Elle savait qu'une éducation à peine ébauchée n'avait pu adoucir les aspérités de cette rude nature, ni inspirer à ce paysan ces vulgaires sentiments d'honneur et de délicatesse sur lesquels une femme est en droit de compter. Un homme du monde, même un simple bourgeois, trompé, abandonné par sa maîtresse, essayera parfois de se venger, mais il ne lui viendra jamais la pensée de révéler au mari la faute de sa femme, la faute qu'il a partagée. Un parvenu comme Lami devait regarder cet aveu comme parfaitement naturel, et il eût été inutile d'essayer de lui en démontrer l'indignité.

Il parlerait donc, il parlerait sans hésiter, elle en était certaine, et, à cette pensée, tout son courage l'abandonna. Cette femme qui avait osé, dans un accès de folie, il est vrai, mais enfin qui avait osé faire à son mari l'aveu d'un crime horrible, tremblait à la pensée qu'il allait apprendre sa trahison ; elle consentait à être pour Lucien une empoisonneuse, elle ne voulait pas qu'il la crût adultère. C'est que le crime, elle l'avait commis à cause de lui, par amour pour lui. Il pouvait la mépriser ; elle ne méritait pas sa haine. Elle avait révolté la conscience de l'honnête homme, mais elle n'avait en aucune façon, suivant elle, blessé le cœur de l'amant. Les révélations dont Lami la menaçait portaient, au contraire, atteinte à son amour même : elles rendaient impossible tout rapprochement entre elle et son mari. Ignorante de ce qui se passait dans le cœur de Lucien, ne s'étant jamais bien rendu compte de l'horreur qu'elle inspirait à cet honnête homme, il lui arrivait parfois d'espérer qu'il pardonnerait le crime commis pour lui, mais elle savait qu'il ne pouvait pardonner la faute commise contre lui, l'outrage qu'elle lui avait fait. De là son trouble et son effroi. Il fallait, au prix de toutes les concessions possibles, empêcher Lami de parler.

Aussi, brusquement, avec cette souplesse d'esprit qui la rendait si dangereuse, elle refoula sa colère et s'approchant du régisseur, le sourire sur les lèvres, elle lui dit :

— Répète ta menace?

— Certes, je la répéterai, je dirai à votre mari, que...

— Que tu as été mon amant. C'est entendu, fit-elle. Es-tu bête !

— Hein ! vous dites...

— Tu es bête et je n'ai malheureusement rien à t'envier sous ce rapport. Nous sommes là à nous quereller depuis une heure, à propos de quoi ? je le demande, de promenades nocturnes que j'ai tout aussi envie de faire que toi.

— Alors, pourquoi refuser?

— Parce que tu ne sais pas demander. Au lieu de dire : « Nous profiterons, n'est-ce pas, de ton séjour ici, pour nous voir de plus souvent possible? » tu poses des conditions, tu exiges, tu es brutal, et moi qui suis nerveuse, je m'emporte et cela n'en finit plus. Voyons, nous avons tort tous les deux, avouons-le et parlons d'autre chose.

Lami était vaincu : Lucien pouvait maintenant arriver à la Sauvinière sans danger.

Il y fit son entrée le lendemain. Fatigué par le voyage, il monta dans sa chambre, qu'il ne put quitter pendant deux jours. Mais ce temps écoulé, madame d'Aubier mère lui demanda de faire un effort et de descendre au salon. C'était le moment choisi par Diane pour présenter Lami. En effet, il eût été maladroit de cacher plus longtemps le régisseur de la Sauvinière. Diane l'avait compris, avait endoctriné son amant durant les deux nuits précédentes, et obtenu de lui qu'il consentirait à cette présentation officielle et obligée.

Lucien était au salon depuis une heure, avec sa femme et sa mère, lorsqu'un domestique auquel on avait fait la leçon vint dire que M. Lami demandait à être introduit.

— Qu'est-ce que c'est que M. Lami ? demanda le malade.

— L'intendant ou le gérant, comme vous voudrez, de la Sauvinière, répondit Diane qui s'attendait à cette question. Vous savez, je vous ai souvent parlé de lui.

— C'est possible, je ne m'en souviens pas.

— C'est lui, reprit-elle, qui s'occupe de cette propriété, avec beaucoup de zèle, depuis une dizaine d'années.

— Ah ! vraiment, aussi longtemps que cela !... Qu'on le fasse entrer, je le verrai avec plaisir.

Lami pénétra dans le salon ; il avait cru devoir, pour cette présentation, revêtir ses habits du dimanche, non par respect, mais par coquetterie, pour paraître avec tous ses avantages devant son rival.

Madame d'Aubier mère, qui travaillait près d'une croisée, leva les yeux sur le nouvel arrivé et ne put cacher sa surprise : elle ne s'attendait évidemment pas à trouver, installé chez sa belle-fille, un intendant jeune, robuste, bien bâti, haut en couleur. De Lami, son regard se reporta sur Lucien, puis sur Diane, et un triste sourire plissa sa bouche.

Quant à Lucien, il ne fit pas même attention à Lami, au point de vue plastique. Peu lui importait. Cet homme l'intéressait seulement parce qu'il habitait la Sauvinière depuis dix années.

— Approchez donc, mon garçon, lui dit-il, en le voyant s'arrêter au milieu du salon.

Cette expression familière de « mon garçon » appliquée, à celui qui se faisait appeler, dans toute la contrée, monsieur Lami ou Monsieur tout court, ne pouvait plaire à l'intendant, mais il n'en laissa rien paraître. Il s'avança, et, comme Lucien ne l'invitait pas à s'asseoir, Diane, attentive à ce qui se passait, fit signe à un domestique d'apporter un siège.

— Ma femme m'a dit, commença Lucien, que vous habitiez la Sauvinière depuis dix ans.

— A peu près, en effet.

— Vous demeurez au château, monsieur ? demanda madame d'Aubier mère, de sa place.

— Oui, madame.

— De quel côté ?

— Ces temps derniers, répondit Lami, le château étant inoccupé, j'habitais l'aile principale, mais depuis hier je me suis transporté dans l'aile gauche, au rez-de-chaussée.

— Vous avez sans doute de la famille ?

— Non, madame.

— Ni femme, ni enfants ?

— Je suis garçon.

— Ah ! très bien.

Ces questions, posées par madame d'Aubier, mettaient Diane à la torture. Heureusement pour elle que Lucien, impatient sans doute d'interroger à son tour Lami, vint interrompre sa mère.

— Cette terre vous donne-t-elle beaucoup de mal ? demanda-t-il pour renouer la conversation et la pouvoir bientôt diriger à sa fantaisie.

— Cela dépend, dit l'intendant. Quand l'année est bonne, les fermiers remplissent à la lettre leurs engagements ; mais, s'il y a eu mauvais temps, sécheresse, si le foin est rare et le blé maigre, ils se font tirer l'oreille.

— Et vous la leur tirez. Mais vous n'avez pas toujours été seul à remplir cette tâche ? L'ancien propriétaire du château vous venait en aide.

— Bien peu, il était toujours malade.

— Ah ! vraiment. Quelle était donc sa maladie ?

— On ne l'a jamais su au juste ; il souffrait de la poitrine, je crois.

— Et son mal a fini par l'emporter ; est-ce que l'air de la Sauvinière serait malsain ?

— Il suffit de regarder M. Lami pour avoir la preuve du contraire, s'empressa de faire observer madame d'Aubier, qui, ne pouvant pas saisir la véritable portée des paroles de son fils, croyait devoir le rassurer.

Lucien reprit en s'adressant à l'intendant :

— Est-ce que vous étiez ici lorsque M. de Séry est mort ?

— Oui, monsieur.

— A-t-il beaucoup souffert ?

— Ah ! je ne sais pas, moi ! Je ne l'ai pas vu dans ses derniers jours. Et, se sentant gêné par cette espèce d'interrogatoire, il ajouta, en montrant Diane : Madame, qui ne l'a pas quitté, est mieux renseignée que moi.

— Sans doute, dit Diane d'une voix qu'elle essayait de rendre naturelle. Mais on pour-rait, il me semble, changer d'entretien, s'adressant à madame d'Aubier : « N'est-ce pas votre avis, madame ? » ajouta-t-elle.

— Entièrement.

Elle se leva, rejoignit son fils et lui dit :

— Voyons, Lucien, essaye de chasser toutes ces funèbres idées. Jamais tu ne te rétabliras si tu n'es pas plus raisonnable. N'aurais-tu donc pas de plaisir à te promener sous ces beaux ombrages, dans ce parterre encore tout émaillé de fleurs. Regarde les magnifiques teintes l'automne a répandues sur ces arbres. Guéris-toi vite, je t'en conjure. Je voudrais tant parcourir, à ton bras, ce parc et ces prairies.

Pendant qu'elle essayait de distraire son fils et de lui faire prendre goût à la vie, Lami, sur un signe imperceptible de Diane, s'était silencieusement retiré. Lorsque vers les onze heures du soir elle le rejoignit, elle le trouva mécontent de tout le monde et de lui-même.

— M'ont-ils assez ennuyé avec leurs questions ! s'écria-t-il ; j'ai été plus de dix fois tenté de ne pas leur répondre et de les camper par là. Je ne veux plus faire de pareilles corvées. C'est fini, tu auras beau essayer de m'amadouer, tu ne m'y reprendras plus !

Il ne disait pas la véritable cause de son mécontentement : il s'était senti gauche et mal à l'aise auprès de ces deux personnes, à l'extérieur distingué, aux manières pleines de réserve, au langage choisi. Il n'avait pu s'empêcher de reconnaître leur supériorité sur lui et la distance qui le séparait d'elles, distance qu'elles sauraient toujours conserver et qu'il n'oserait jamais franchir. Le ridicule amour-propre de cet ancien paysan gâté par la fortune devait cruellement souffrir et Diane s'en ressentit. Comme il ne voulait pas avouer ses véritables griefs, il en chercha d'autres.

— Tu m'as menti, disait-il, lorsque tu m'as dépeint ton mari mourant et presque à l'agonie. Il a pu être malade, mais il est en pleine convalescence, et dans huit jours il n'y paraîtra plus. N'espère pas alors que je te permettrai de rester souvent avec lui. Il est bien, ton mari ! Pourquoi donc avais-tu l'air d'en faire fi ? Tu l'épousais, disais-tu, par ambition, afin d'avoir une position, rien de plus... Je crois que tu t'es moquée de moi, hein ?... Mais c'est fini, tu ne te moqueras plus, je t'en réponds.

C'est en parlant avec cette grossièreté, et en abaissant Diane, qu'il se vengeait de la supériorité d'Aubier. Et elle était obligée de subir ce langage ; n'avait-elle pas appris, à son arrivée, que toute révolte était impossible ?

Les reproches de Lami, au sujet de l'état de santé de son rival, pouvaient s'expliquer.

Au premier abord, Lucien ne paraissait pas gravement atteint. Suivant les prédictions du docteur, le bon air et le soleil avaient raison de sa maladie: ses forces renaissaient, son regard éteint depuis six semaines reprenait sa vivacité d'autrefois, et sa pâleur diminuait peu à peu. Mais ce changement n'était qu'extérieur: le corps seul profitait de la vivifiante action à laquelle il était soumis; l'esprit profondément frappé, ne se guérissait pas. Le séjour de la Sauvinière, si bienfaisant à d'Aubier, sous certains rapports, achevait sous d'autres de le décourager et de l'abattre. Tout dans cette propriété lui rappelait celui qui y était mort si misérablement, et qu'il se reprochait d'avoir tué. Ces arbres, M. de Séry les avait plantés, ces parerres, il les avait ordonnés, assurait le jardinier; ce pavillon avait été construit sur ses dessins, au dire d'un vieux serviteur de la maison. Car Lucien, qui était venu, avons-nous déjà dit, chercher à la Sauvinière le châtiment de son crime imaginaire, interrogeait, avec une fébrile curiosité, tous ceux qui pouvaient lui parler de son prédécesseur.

Il se fit un jour conduire dans la chambre que le malheureux avait habitée, et y resta longtemps enfermé à se repaître de pensées funèbres, à se consumer dans ses remords. Il était surtout préoccupé de l'idée de savoir si la fin de M. de Séry avait été douloureuse, si on l'avait entendu crier, combien de temps son agonie avait duré, et il questionnait tout le monde à ce sujet comme il avait autrefois questionné Lami. A sa femme seule il n'osait s'adresser. Avait-il peur d'elle? On aurait pu le penser à voir le soin qu'il mettait à la fuir et à ne jamais lui adresser directement la parole. Il y avait évidemment dans sa conduite un commencement de folie, il le comprenait lui-même et s'en effrayait. A quelqu'un qui le complimentait sur sa complète guérison, et sur sa bonne mine, il avait répondu: « En effet, je mange comme quatre et j'engraisse; je ressemble aux fous. »

Le souvenir de Marie faisait seul parfois diversion à son idée fixe et le préservait d'un danger immédiat.

Lorsqu'il parvenait à s'isoler un instant avec elle, il se sentait reposé et comme régénéré. Il reprenait possession de lui-même et arrivait à examiner sainement sa situation. Mais cet examen n'était pas de nature à le consoler et à le réjouir: en mettant de côté toute idée de remords exagéré, de craintes ridicules, ne devait-il pas reconnaître qu'il était condamné à vivre peut-être de longues années loin de celle qu'il aimait et aux côtés d'une femme détestée? « A quoi bon traîner une existence misérable? se demandait-il alors froidement. Quel intérêt puis-je avoir à vivre; pour qui vivrai-je? Pour ma mère:

elle est vieille, j'ai peu de temps à la conserver et elle souffrira moins de ma mort que de me voir malheureux. Quelle affection, quel amour m'attachent ici-bas? Je n'aime plus même le travail; j'en ai trop abusé dans ces derniers temps, et, pour travailler, il faut avoir un but: je n'en ai plus. Que m'importe d'obtenir de l'avancement dans ma carrière; ne devrais-je pas même donner ma démission? Est-il permis au mari d'une empoisonneuse de rendre la justice? »

Dans ces dispositions d'esprit, Lucien ne pouvait tarder à prendre quelque grave détermination ayant pour but de hâter sa délivrance. Une démarche de sa femme l'y décida et provoqua le dénoûment de ce drame.

Que se passait-il dans le cœur de Diane depuis la maladie de Lucien? Le remords y avait-il enfin pénétré et y produisait-il ses ravages habituels? Nous ne le croyons pas. Elle avait pris son parti du crime commis par elle et elle le justifiait à sa façon: « Si j'avais été riche comme tant d'autres, se disait-elle, madame d'Aubier eût facilement consenti à mon mariage; j'aurais épousé, sans obstacles, l'homme que j'aimais, et j'aurais été la plus heureuse et la plus honnête des femmes, puisqu'en réalité je n'ai jamais aimé que Lucien. Mais une misérable question d'intérêt me séparait de lui; ne devais-je pas essayer de la vaincre? Qu'ai-je fait? Je me suis sacrifiée. J'ai consenti à m'enfermer ici, avec un homme qui m'était odieux, un vieillard, un malade, presque un moribond. Ma jeunesse se révoltait, j'ai fait taire ma jeunesse. Pouvais-je me sacrifier éternellement? Pourquoi ne mourait-il pas cet homme, qui m'avait, en quelque sorte, promis de mourir? Est-ce que son âge, sa santé chancelante, son visage flétri, n'étaient pas un engagement contracté vis-à-vis de moi de me rendre bientôt à la liberté et à l'amour?... Il tardait à le remplir, je ne pouvais plus attendre; Lucien était perdu pour moi si je ne prenais pas un parti. J'ai dû appeler la mort à mon aide, puisqu'elle ne voulait pas venir... Du reste, la passion qui me dévorait ne m'avait-elle pas enivrée, affolée; avais-je la conscience de mes actes? Etais-je vraiment et sciemment coupable? Non; je dois donc m'épargner des remords inutiles, bannir de ma vie le souvenir d'un exécrable passé, et jouir, enfin, de ma position nouvelle, si chèrement achetée.»

Et, grâce à ce monstrueux raisonnement, elle en avait joui, sans remords, jusqu'au jour où cette position s'était écroulée, où celui auquel elle avait tout sacrifié s'était éloigné d'elle.

Longtemps encore la lutte qu'elle soutint, pour essayer de conserver le cœur qui la fuyait, faire revivre un amour près de s'éteindre, occupa ses instants, et la préserva de toute pensée étrangère à cette lutte. Enfin, l'heure sonna où elle dut s'avouer qu'elle n'était plus aimée, qu'elle ne l'avait peut-être jamais été, que son sacrifice et son crime avaient été inutiles.

Alors elle songea sérieusement à ce crime, mais ce ne fut pas le remords qui pénétra dans son âme, ce fut le regret. Le regret d'avoir manqué son but, de s'être inutilement compromise, d'avoir suivi une voie funeste qui l'avait conduite à la ruine de ses espérances, à l'écroulement de ses amours. Heureuse, aimée, elle eût vécu paisiblement en parfaite intelligence avec sa conscience, car, il faut bien l'avouer, on confond parfois le remords avec le sentiment de l'insuccès et la honte qui le suit; les criminels se repentent souvent non pas de leur faute, mais de l'inutilité de cette faute.

De là le découragement profond qui, peu à peu, s'était glissé dans cette âme inaccessible jusqu'alors à toute faiblesse. Moins bien partagée en cela que Lucien, qui parfois, en songeant à Marie, pouvait reposer sa pensée, Diane n'avait aucune gracieuse image à évoquer et ne voyait luire aucune espérance dans sa nuit sombre. Lami, lui-même, était impuissant à la distraire. Si elle continuait, chaque soir, à le rejoindre, ce n'était point par crainte de ses menaces; lasse, écœurée, dégoûtée de tout et d'elle-même, elle ne prenait plus garde au danger; elle le rejoignait par habitude, parce qu'elle l'avait rejoint la veille, qu'elle éprouvait trop de lassitude pour affronter une scène, parce que le sommeil la fuyait et que la solitude l'effrayait. Mais elle ne prenait même plus la peine de ménager l'amour-propre de l'intendant, de lui donner le change sur la nature des sentiments qu'il inspirait, de calmer sa jalousie tous les jours plus vive. Elle l'écoutait en silence lui reprocher de ne plus l'aimer et de le tromper avec Lucien. Il s'épuisait à lui crier : « Mais parle, parle donc, défends-toi! » elle restait impassible et morne. Une seule fois elle parut prête à sortir de son apathie habituelle. Lami, au paroxysme de la colère lui avait dit : « Tu parais lasse de la vie, eh bien ! avoue que tu ne m'aimes plus, avoue que tu lui appartiens, sans hésiter je te loge une balle dans la tête et je me tue ensuite. »

Et, s'étant armé de deux pistolets, il en dirigeait un sur Diane, tandis qu'il appuyait le canon de l'autre contre son cœur. Elle fut sur le point de répondre et déjà Lami, comme s'il était certain d'avance de ce qu'elle allait dire, s'apprêtait à tirer, lorsqu'elle s'arrêta tout à coup et refusa de parler, soit qu'elle eût peur de mourir, soit qu'elle pensât que l'heure n'en était pas venue.

Lucien était arrivé à la Sauvinière dans les premiers jours de septembre et le mois d'octobre finissait. Le temps avait été ma-

gnifique jusque-là et rien ne faisait présag l'hiver, lorsqu'un froid assez vif survi brusquement. Madame d'Aubier s'en effra pour son fils et parla de retourner aussi à Nantes. Ni Lucien ni Diane ne combatt rent ce projet, mais ils reconnurent même temps l'inutilité de ce voyage et nécessité de prendre une résolution imm diate.

La veille du jour choisi pour le départ, L cien dit à sa mère, après le dîner, qu'il mo tait dans sa chambre mettre en ordre ses p piers et qu'il se rendrait ensuite chez ell pour lui parler. Il quitta bientôt le salon, fit apporter une lampe et s'assit devant s bureau.

Il écrivait depuis un instant, lorsque porte s'ouvrit sans bruit. Il se retourna reconnut Diane.

Elle était très pâle, très émue, mais el paraissait aussi très déterminée. Elle s' vança sans que Lucien manifestât ni étonn ment ni déplaisir de la voir, et elle lui d d'une voix ferme :

— J'ai à vous parler; pouvez-vous m couter un instant ?

D'un geste il lui désigna un siège.

— Non, fit-elle, je suis bien ainsi.

Elle était debout devant lui, accoudée s le bureau, et le haut du corps penché avant La lampe, placée tout près d'ell éclairait ses traits toujours charmants, ma un peu fatigués.

— J'ai voulu, continua-t-elle, avant d'ex cuter certain projet commandé par les ci constances, vous adresser plusieurs que tions importantes pour moi. Y daignere vous répondre ?

— Voyons, dit-il.

— Pensez-vous, demanda-t-elle en le r gardant bien en face, et en parlant avec u extrême lenteur, que vous puissiez me pa donner un jour le crime commis par amo pour vous ?

— Non, fit-il.

— Jamais ?

— Jamais.

Toujours assis, les coudes écartés et rep sant sur son bureau, le menton appuyé s ses mains qui se rejoignaient, il la regarda fixement aussi et parlait sans hésiter d'un voix nette et brève.

Elle reprit :

— Vous ne me pardonnerez pas, soit ! A l façon dont vous venez de me répondre, je ne puis me faire illusion. Mais le sentiment d répulsion que vous paraissez éprouver pou ma conduite, pensez-vous que le temps puiss le modifier ?

— Non, fit-il, le temps n'y pourra rien.

— Vous en êtes sûr ?

— J'en suis sûr.

Ils gardèrent un instant le silence sans changer d'attitude, puis elle dit encore, avec la même lenteur :

— La répulsion que vous inspire mon crime est-elle indépendante des sentiments que vous éprouvez pour moi ? En d'autres termes, tout en me méprisant, vous serait-il encore possible de m'aimer ?

— Non.

— Sans mes aveux, m'aimeriez-vous encore ?

— Je ne le pense pas.

— Croyez-vous m'avoir aimée ?

— Je ne puis répondre à cette question que je me suis souvent posée; en tous cas, j'ai été de bonne foi, j'ai cru vous aimer.

Elle se redressa et s'éloigna du bureau, comme si elle n'avait plus rien à dire. Mais, se ravisant tout à coup, elle revint vivement sur ses pas, franchit la distance qui jusquelà l'avait séparée de Lucien et la voix vibrante et passionnée.

— Sans avoir d'amour pour moi, s'écria-t-elle, t'est-il encore possible de me désirer ? Veux-tu que, dans l'ivresse de la passion nous oublions, moi que tu ne m'aimes pas et toi que tu me hais ! Regarde-moi, je suis belle encore, j'ai plusieurs années à l'être... et je t'aime à la folie.

Elle était superbe en ce moment : les yeux électriques en quelque sorte, le visage coloré, les narines dilatées, la bouche entr'ouverte, la poitrine bondissante.

Il la regarda longtemps et dit :

— Vous n'avez jamais été plus belle qu'aujourd'hui, je vous le jure. Je ne crois pas qu'il existe au monde une femme qui vous soit supérieure en beauté. Eh bien ! je vous le jure aussi, vous ne faites naître en moi aucun désir. Votre crime me fait horreur, et plus que votre crime peut-être, votre amour. Tout est fini entre nous...

— Alors ! dit-elle en s'éloignant tout à coup, je sais ce qu'il me reste à faire.

— Moi aussi, répondit-il en se remettant à son bureau, et sans même chercher à comprendre ce qu'elle avait voulu dire..

Elle sortit à pas précipités, sans détourner la tête, sans refermer la porte, descendit à la hâte l'escalier, traversa le vestibule, et, négligeant cette fois de prendre des précautions pour ne pas être vue, elle se dirigea vers l'appartement occupé par Lami.

Lami l'attendait depuis longtemps.

— D'où venez-vous, lui dit-il d'une voix dure, pourquoi ce retard ?

— D'où je viens ? fit-elle... De chez mon mari. Pourquoi ce retard ? parce que j'étais avec lui, parbleu !

Il la regarda avec stupéfaction. Elle n'avait jamais osé lui parler en ces termes.

— Je vous avais défendu, dit-il...

Il ne put achever..

— Assez! s'écria-t-elle violemment. Que me font à présent vos défenses. Est-ce que je vous crains ?

Et, s'approchant de lui, elle continua sans s'arrêter, sans prendre haleine, délirante, éperdue, à moitié folle :

— Oui, je viens de passer une heure avec mon mari, et si je l'ai quitté c'est qu'il m'a renvoyée, c'est qu'il ne voulait plus de moi... Malheureux ! tu n'as donc pas encore compris que je l'aimais, que je l'adorais, que je n'avais jamais aimé que lui au monde. Ah ! tu t'es cru aimé parce que j'étais ta maîtresse ! Allons donc ! Qu'est-ce que cela prouve ? J'avais peur de toi, voilà tout... Mais, sache-le bien, je n'ai épousé M. de Séry, que pour avoir sa fortune et devenir la femme de Lucien... Et tu croyais me plaire, imbécile ! Je ne songeais qu'à mon prochain veuvage et à mes nouvelles noces. Tu prenais mes coquetteries pour de l'amour; elles n'avaient qu'un but : faire de toi mon allié et mon complice, t'éloigner de ton maître, t'enivrer, t'affoler pour t'empêcher de m'arracher ma proie... Maintenant, je n'ai plus besoin de toi, je ne veux plus toi, et je suis venue te le dire. As-tu compris ?

Elle s'arrêta, elle le regarda et elle eut peur malgré tout son courage.

Pendant que cette scène se passait dans l'aile gauche du château, Lucien, après avoir encore écrit quelques lignes, mis sous enveloppe divers papiers et les avoir cachetés, quitta sa chambre et passa dans l'appartement de sa mère.

Elle occupait une des pièces que la châtelaine de la Sauvinière avait autrefois fait meubler avec tant de soin. C'était une grande chambre carrée, très élevée de plafond, avec poutres apparentes et percée de hautes croisées à petites vitres. Les murs disparaissaient entièrement sous de vieilles boiseries et des tapisseries anciennes; le lit, les bahuts et les siéges étaient en vieux chêne, et dans la cheminée, au fond de l'âtre, reluisait la plaque de fer aux armes de France. C'était bien là le cadre qui convenait à la mère de Lucien. A la voir dans cette chambre, près de la cheminée où flambait un grand feu, assise dans un de ces fauteuils Louis XIV à dossier droit et élevé, avec ses cheveux tout blancs, ses traits réguliers et beaux, ses mains pâles aux doigts effilés, sa robe de damas fond noir et à bouquets, son bonnet en vieille blonde blanche à longues barbes, on l'aurait prise pour quelque femme de conseiller de Parlement ou de président à mortier.

Lucien entra, contempla madame d'Aubier pendant une minute, l'embrassa pieusement sur le front, s'assit en face d'elle et lui dit :

—Je viens, ma mère, vous demander vos conseils et vos ordres. Veuillez m'écouter et surtout faire appel à tout votre courage. A une autre femme que vous, on ne devrait peut-être pas parler comme je vais le faire. Mais vous êtes assez forte, vous êtes assez grande pour tout entendre.

— Parlez, mon fils, dit-elle en penchant son corps en avant et en étendant ses bras sur les supports du fauteuil.

Il lui raconta les faits que nous connaissons. Il trouva des expressions chastes et réservées pour lui faire comprendre comment il s'était peu à peu détaché de sa femme et jusqu'à quel point il était rassasié de son amour. Il parla de Marie qu'il avait revue, de la pureté de leurs relations et du calme qui s'était fait un instant dans son âme; il en arriva enfin à la scène où la jalousie de Diane avait éclaté et où elle avait trahi son secret.

Après avoir gardé un instant le silence pour donner à madame d'Aubier le temps de se remettre du coup terrible qu'il venait de lui porter, il dépeignit ses tortures à la suite des révélations de sa femme, et la résolution qu'il avait prise, pour éviter le scandale, de continuer à vivre avec elle. Il dit ses efforts pour dominer sa pensée : à quelles études il s'était livré et plus tard à quels égarements bientôt suivis de la maladie qui mit ses jours en danger. Il avoua même les souffrances par lesquelles il venait de passer à la Sauvinière : ses terreurs, ses remords et l'espèce de folie qui, par moments, s'emparait de lui. Il essaya aussi de donner à sa mère une idée de la dernière scène qui venait d'avoir lieu entre sa femme et lui, et qui s'était terminée par ces mots menaçants de Diane : « Je sais ce qu'il me reste à faire. »

Il acheva ce long récit en ces termes :

—Je vous ai tout dit, ma mère, mes douleurs et mes fautes. Je vous prierai maintenant de vouloir bien me dicter ma conduite. Je vous obéirai sans hésiter. Permettez-moi seulement de vous résumer la situation : je ne puis plus, je ne veux plus vivre avec cette femme. Sa présence m'est odieuse, sa vue me rendrait fou. Quel parti dois-je prendre? Retourner à Nantes et lui ordonner de rester ici, elle n'obéira pas, et pour se venger elle peut mettre à exécution ses menaces. Fuir avec vous, passer à l'étranger, ce serait le déshonneur, car certainement alors on me croirait coupable de la complicité dont elle ne manquerait pas de m'accuser. Ainsi, d'un côté, une existence dont je ne veux à aucun prix, de l'autre le scandale et la honte. Que décider ?

Silencieuse et recueillie, elle l'avait écouté jusqu'alors sans l'interrompre une seule fois; tout à coup, elle se souleva en s'appuyant sur les bras du fauteuil et lui dit :

— Pour me parler ainsi, pour conclur comme vous venez de le faire, pour m'avoi conduite dans l'impasse où vous êtes et m l'avoir aussi clairement montrée, il faut qu'i y ait dans votre esprit quelque projet bie arrêté. Répondez; je le veux, je vous e prie; vous l'avez dit : je puis tout entendre

— J'ai cru, répondit-il, et sa voix était as surée, devoir prendre une résolution terrible mais que me commande la situation désespé rée où je me trouve.

— Voudriez-vous vous tuer? demanda-t elle.

— Oui, murmura-t-il.

Elle tressaillit, se laissa retomber dan son fauteuil, mais ne dit pas un mot.

Alors, il s'agenouilla devant-elle et l'en tourant de ses bras, il se mit à lui parler doucement, tendrement cette fois, avec de larmes dans la voix :

— La mort, dit-il, me délivrera d'un poids qui m'écrase. Car je ne t'ai pas tout avoué, je ne souffre pas seulement par cette femme, je souffre aussi par cette chaste créature que j'ai eu la folie de dédaigner. Je l'aime, je l'aime maintenant de toutes les forces de mon âme et je ne puis me faire à l'idée d'être toujours séparé d'elle... Oh! ne crois pas que ce sentiment ait dicté ma résolution. Je sais supporter la douleur, je suis ton fils. La crainte de la honte, le respect de notre nom m'ont seuls décidé... Mais, en ce moment suprême, laisse-moi t'ouvrir mon cœur.

Il parla longtemps encore; il pleura sur les genoux de sa mère, comme autrefois lorsqu'il était un petit enfant. Puis, ne voulant pas prolonger l'agonie de la pauvre femme, il se leva, prit la tête de madame d'Aubier dans ses mains, la couvrit de baisers et redevenant tout à coup, par un suprême effort de volonté, l'homme énergique et froid que nous connaissons, il se dirigea, grave et recueilli, vers la porte. Lorsqu'il l'eut atteinte, et avant de la refermer, il jeta sur sa mère un long regard d'amour et disparut.

Elle, elle resta dans son grand fauteuil, le corps penché en avant, les bras étendus sur les supports, le regard fixé sur les derniers tisons qui s'éteignaient dans le foyer. On aurait dit une morte tant elle était pâle, silencieuse et inanimée.

Elle le croyait sans doute toujours à ses côtés, il lui semblait entendre encore sa voix, car, au bout d'un instant, elle étendit la main comme si elle le cherchait, et, ne rencontrant que le vide, elle promena son regard autour d'elle.

Alors, ne le voyant plus, elle se redressa tout à coup, effrayée, terrifiée.

Lucien avait pris le silence de sa mère pour un acquiescement à ses projets, une sorte d'approbation donnée au suicide qu'il méditait. Il s'était trompé. L'étonnement et la douleur avaient seuls causé ce long silence. Le cerveau de madame d'Aubier s'était momentanément paralysé devant le coup inattendu qui la frappait, ses facultés s'étaient accidentellement éteintes et elle n'avait pu trouver la force, ni de se récrier, ni de protester. Mais la vie venait de reparaître, le cœur battait de nouveau, elle se rappelait, elle comprenait, elle redevenait mère, et, se traînant éperdue dans la chambre :

« Non, non, criait-elle, je ne veux pas que tu meures, Lucien, Lucien, mon fils, je t'en supplie... Je t'ordonne de vivre... »

Elle allait atteindre la porte, lorsque dans la nuit, retentit un coup de feu, aussitôt suivi d'un second.

Elle poussa un cri, et d'un geste rapide elle ramena ses mains sur son visage et couvrit ses yeux, comme si elle voulait fuir un terrible spectacle, une épouvantable vision.

La cour du château s'animait, on voyait apparaître des lumières, on entendait des voix s'appeler et se répondre, les chiens réveillés par le bruit aboyaient. Domestiques, garçons de ferme, valets d'écurie, tout le monde était sur pied.

Elle, elle ne bougeait pas, attendant toujours qu'on vînt lui dire : « Madame, votre fils est mort. »

Le bruit des pas et le bruit des voix se rapprochaient d'elle. On avait quitté la cour et le parc, on était dans le château; les portes du vestibule s'ouvraient, on montait l'escalier, on parcourait les appartements.

Des cris d'effroi, des cris d'épouvante parvinrent jusqu'à la malheureuse femme.

« Ah! murmura-t-elle, on a découvert son cadavre! »

Puis, il se fit un grand silence; on aurait dit que tout était rentré dans l'ordre, que tout était redevenu mort.

« Ils se consultent pour me prévenir, pensa-t-elle; ils ne savent comment m'annoncer la nouvelle. »

Mais le bruit recommença; on pénétra dans la pièce qui précédait sa chambre. On frappa à sa porte.

— Entrez! dit-elle.

Et, comprenant aussitôt que, pour l'honneur de son fils, il fallait éloigner des esprits toute idée de suicide et essayer de faire croire à un accident, elle eut le sublime courage de redevenir maîtresse d'elle-même.

— Madame a-t-elle entendu? lui dit sa femme de chambre qui venait d'entrer, tandis que plusieurs autres serviteurs se tenaient sur le seuil.

— Oui, j'ai entendu, fit-elle. Vous le voyez bien, puisque je me suis levée. Que s'est-il passé?

— Ah! madame un affreux malheur.

— Dites.

— C'est que cela va faire beaucoup de peine à madame.

— Parlez donc!

— Hélas! ils sont morts tous les deux.

— Tous les deux! Qui ça, tous les deux?

— Madame a été tuée d'un coup de pistolet.

« Ah! pensa-t-elle, il s'est d'abord vengé. »

— Et ensuite, continua la servante, M. Lami s'est brûlé la cervelle.

— M. Lami... que dis-tu?

— Oui, M. Lami; il a assassiné madame et ensuite il s'est tué.

— Et mon fils! mon fils! où est donc mon fils? cria la pauvre mère.

— Il a été réveillé comme madame, et nous avons couru tous ensemble vers l'endroit d'où étaient partis les coups de feu. Mais nous n'avons pu porter secours, il était trop tard.

Madame d'Aubier ne l'écoutait plus; elle venait de s'affaisser et pleurait maintenant à chaudes larmes.

Bientôt, on entendit les pas de Lucien, on le vit apparaître; les serviteurs se retirèrent. Il prit alors sa mère dans ses bras, sécha ses larmes sous ses baisers et dit :

— Nous partirons dans deux jours pour Nantes et nous ne nous quitterons plus.

ADOLPHE BELOT.

FIN

Paris. — Imp. de DUBUISSON et Cie, 5, rue Coq-Héron.